源氏天一坊

江戸の御庭番 2

藤井邦夫

角川文庫
21051

『御庭番』とは、
徳川吉宗《とくがわよしむね》が八代将軍の座に就いた時、
紀州《きしゅう》藩から伴った十七家を御庭番家筋と定め、
直参旗本と成して
隠密《おんみつ》御用を命じた者たちである。

目次

第一章　妖刀村正

一

八双に構えられた刀は、月明かりを浴びて蒼白《あおじろ》い不気味な輝きを放った。

袴《はかま》姿の侍は妖《あや》しい笑みを浮かべ、蒼白く不気味に輝く刀を八双に構えて大身旗本に向かって踏み出した。

「斬れ、黒木清十郎《くろきせいじゅうろう》を斬り棄てい……」

大身旗本は青ざめ、恐怖に嗄《しわが》れた声を引き攣《つ》らせた。

家来たちは刀を翳《かざ》し、黒木清十郎と呼ばれた袴姿の侍に殺到した。

黒木清十郎は、妖しい笑みを浮かべたまま八双に構えた刀を走らせた。

蒼白い不気味な輝きが縦横に閃《ひらめ》いた。

家来たちは一太刀で斬られ、血を撒《ま》き散らして次々に倒れた。

恐ろしい程の斬れ味……。
黒木清十郎は刀を見た。
刀の刀身には刃《は》毀《こぼ》れも傷もなく、蒼白い不気味な輝きを放ち続けていた。
「流石は妖刀村正《ようとうむらまさ》……」
黒木清十郎は、刀身を見詰めて嬉《うれ》しげに笑った。
蒼白く不気味に輝く刀は、妖刀と云われる村正なのだ。
黒木清十郎は妖刀村正を構え、獲物を追い詰めた獣のような眼で大身旗本を見据えた。
家来たちは、遮るように黒木清十郎に斬り掛かった。
黒木清十郎は、蒼白く不気味に輝く妖刀村正を無雑作に閃かせた。
家来たちは、蒼白く不気味に輝く妖刀村正に引き込まれるように次々と斬られた。
黒木清十郎は、妖しく笑いながら大身旗本に一気に迫った。
「寄るな。寄るな……」
大身旗本は、恐怖に顔を歪《ゆが》めて叫んで刀を抜いた。
刀は激しく震えた。
黒木清十郎は妖しく笑い、蒼白く不気味に輝く妖刀村正を青眼に構えた。

大身旗本は酔ったような眼付きになり、魅入《みい》られたように妖刀村正の許《もと》に進んだ。

刹那《せつな》、黒木清十郎は、青眼に構えた妖刀村正を横薙《よこな》ぎに一閃《いっせん》した。

大身旗本の首は斬られ、血を振り撒いて夜空に飛んだ。


江戸《えど》川の流れは朝陽に煌《きら》めいた。

小日向新小川町《こびなたしんおがわちょう》の倉沢《くらさわ》屋敷門前は、下男の宗平《そうへい》によって綺麗《きれい》に掃除がされていた。

直参旗本の倉沢喬四郎《きょうしろう》は、顔を洗って妻の佐奈《さな》の給仕で朝餉《あさげ》を終えた。そして、仏間に入って先祖の霊に礼拝し、義父の左内《さない》と義母の静乃《しずの》の隠居所に挨拶《あいさつ》に出向いた。

「うむ。喬四郎、今日も怠りなくな……」

左内は、釣竿《つりざお》の手入れをしながら喬四郎と佐奈を迎えた。

「はい。義父上《ちちうえ》、今日も釣りですか……」

「左様……」

左内は、楽しげに笑った。

「昨夜の鯉のあらいは美味《うま》かったですな」

喬四郎は、昨日の夕餉《ゆうげ》に食べた鯉が左内の釣果だと知っていた。

「そうだろう。晩酌の肴《さかな》は任せておけ……」

左内は満足そうに頷《うなず》いた。

「はい、楽しみにしております」

喬四郎は笑った。

「婿殿、お追従も程々に……」

静乃は、冷めた眼で喬四郎を窘《たしな》めた。

「義母上《ははうえ》、お追従などと……」

喬四郎は苦笑した。

「年寄りは誉められると、年甲斐《としがい》もなく調子に乗って大怪我をしますからね」

「静乃……」

左内は、不服げに眉《まゆ》をひそめた。

「怪我でもされて寝込まれては、御当人は云うに及ばず家族も大変。そうは思いませぬか、婿殿……」

「は、はい。義母上の仰《おつしや》る通りにございます」

喬四郎は思わず頷いた。

「流石は婿殿。聞きましたね。お前さま……」

静乃は、喬四郎の返事に満足げに頷き、左内に告げた。

「う、うむ……」

左内は、腹立たしげに眼を背けた。

「お前さま、出仕の刻限が近付きました。早々にお着替えを……」

佐奈が、喬四郎に告げた。

「おお。そうだ。では、義父上、義母上、此《これ》にて御免……」

喬四郎は、そそくさと左内と静乃の隠居所を出た。

佐奈が続いた。


婿殿の役目は難しい。

「助かったよ、佐奈……」

喬四郎は自室に戻り、佐奈の介添えで着替えを始めた。

「何度も云っているように、言い争いは父上と母上の毎日の楽しみ。婿殿がどちらかの肩を持つような真似をしてはなりませぬ」

佐奈は、子供に云い聞かせるかのように喬四郎に告げた。

「うむ。そう思っているのだが、ついな。婿殿の役目は、御庭番の役目より面倒で辛《つら》いものだ……」

喬四郎は、ぼやきながら着替えを急いだ。

佐奈は苦笑した。


江戸城御休息御庭には微風が吹き抜けていた。

八代将軍吉宗《よしむね》は、政務の合間に御休息御庭を散歩し、四阿《あずまや》に立ち寄った。

四阿の脇には、御休息御庭の番人である御庭之者が控えていた。

「喬四郎、面をあげい……」

吉宗は、御庭之者に声を掛けた。

「はっ……」

御庭之者は喬四郎だった。

「喬四郎、昨夜、側衆《そばしゅう》の一人、阿部《あべ》左京太夫《さきょうだゆう》が乱心した家来に首を斬り飛ばされたのを聞いているな……」

吉宗は告げた。

「はい……」

喬四郎は、登城して来て事件を知り、情報を出来る限り集めていた。

〝側衆〟とは上様御側近くに仕え、夜間の諸務を決裁・上達し、小姓《こしよう》や小納戸《こなんど》の進退、中奥《なかおく》経費の監督などを司《つかさど》る役目で十四人おり、殺された阿部左京太夫はその一人だった。

何故、家来の黒木清十郎は乱心し、主《あるじ》である阿部左京太夫の首を斬り飛ばして逐電したのか……。

今の処、黒木が乱心した理由は分からなかった。そして、分からないのは、吉宗が何故に興味を持ったかもだ。

「喬四郎、その乱心した家来が阿部左京太夫の首を斬り飛ばした刀だが……」

「はい……」

「村正なのだ……」

吉宗は、厳しい面持ちで告げた。

「村正、村正とは妖刀の……」

喬四郎は眉をひそめた。

「左様、我が徳川《とくがわ》家に仇《あだ》なす妖刀だ」

吉宗は頷いた。

「昨夜、阿部さまと家来衆を斬った刀は、村正にございましたか……」

喬四郎は知った。

「左様。喬四郎、阿部左京太夫殺し、目付《めつけ》の神山主膳《かみやましゅぜん》と配下の徒目付《かちめつけ》たちが逐電した家来を追っているが、その方は村正を調べるのだ」

「村正を……」

喬四郎は戸惑った。

「うむ。その乱心した家来が何処から手に入れたか突き止め、余の許に持参致せ」

吉宗は、喬四郎に命じた。

「村正を上様の許に持参……」

喬四郎は、迷いを過《よ》ぎらせた。

「構わぬ……」

吉宗は苦笑した。

「畏《おそ》れながら上様、村正は徳川家に仇なす……」

喬四郎は、微《かす》かな焦りを覚えた。

「喬四郎、余は恐れぬ」

「はっ……」

「東照神君家康《とうしょうしんくんいえやす》公以来歴代の将軍が恐れて来た妖刀村正、どのような刀か余が見定めてくれる。良いな……」

吉宗は、剛毅《ごうき》な笑みを浮かべて命じた。

「ははっ……」

喬四郎は平伏した。

〝妖刀村正〟は、伊勢《いせ》の刀工村正が打った刀であり、徳川家に仇なす妖刀として名高かった。

村正が妖刀と噂された謂《い》われは、家康の祖父清康《きよやす》が斬り殺され、父の広忠《ひろただ》が深手を負わされ、息子の信康《のぶやす》切腹時の介錯《かいしやく》刀が村正だった事に起因する。そして、家康自身も村正の槍《やり》で手傷を負った事があり、徳川家に祟《たた》る不吉な妖刀とされた。

以来、村正は徳川家から破棄され、大名旗本も持つ事を憚《はばか》るようになった。

今、吉宗は歴代将軍が忌み嫌った妖刀村正を乱心した黒木清十郎から奪い、出処を突き止めて持参しろと喬四郎に命じた。

喬四郎は、外濠《そとぼり》に架かっている牛込《うしごめ》御門を渡り、神楽坂《かぐらざか》をあがり始めた。そして、神楽坂の途中、市谷田町《いちがやたまち》四丁目代地の裏路地に入った。

裏路地の突き当たりに小料理屋があった。

喬四郎は、開店前の小料理屋の格子戸を開けた。

「邪魔をする」

喬四郎は、薄暗く狭い店内に入った。

「はい……」

女将《おかみ》と思われる年増《としま》が、暖簾《のれん》の掛かった板場から出て来た。

「あら、喬四郎の旦那……」

女将は、科《しな》を作って笑った。

「やあ。いるかな」

「はい。ちょいとお待ちを……」

女将は、板場の奥に入って行った。板場の奥には居間や座敷がある。

喬四郎は、框《かまち》に腰掛けた。

僅《わず》かな刻《とき》が過ぎた。

「こりゃあ、喬四郎さま……」

着流し姿の才蔵《さいぞう》が、板場の奥から出て来た。

「ちょいと付き合って貰《もら》おうか……」

喬四郎は笑い掛けた。

「心得ました……」

才蔵は頷いた。


神楽坂には様々な人が行き交っていた。

喬四郎と才蔵は神楽坂をあがり、毘沙門天《びしやもんてん》で名高い善國寺《ぜんこくじ》門前の茶店に入った。

「亭主、茶を二つ、頼む……」

喬四郎は、茶店の縁台に腰掛けながら茶を頼んだ。

「御役目ですか……」

才蔵は、紀州和歌山《きしゆうわかやま》藩にある喬四郎の実家の家来筋の家の者であり、幼い頃から一緒に修行し、遊んで来た舎弟分だった。

「うむ……」

喬四郎は頷き、御側衆の阿部左京太夫が乱心した家来に首を斬り飛ばされた一件を話した。

「首を一刀で斬り飛ばすとは、恐ろしい手練《てだ》れですね……」

才蔵は眉をひそめた。

「いや。乱心した家来の黒木清十郎、それ程の遣い手ではないそうだ」

「ですが……」

才蔵は戸惑った。

「才蔵、黒木が使った刀は村正だ」

「村正……」

「左様、徳川家に仇なす妖刀と名高い村正だ」

喬四郎は告げた。

「へえ、それはそれは……」

才蔵は、面白そうに笑った。

「それで才蔵、お前は一件を探索している目付の神山主膳たちの動きを頼む。俺は殺された阿部左京太夫の家中と乱心した黒木清十郎の拘《かかわ》りを洗う」

喬四郎は、それぞれのやる事を決めた。

駿河《するが》台小川町《だいおがわまち》にある阿部屋敷は表門を閉じ、陰鬱《いんうつ》さに覆われていた。

主の阿部左京太夫が無惨な死を遂げたばかりで無理はない……。

五千石取りの旗本、阿部家には百人程の家来と小者や女中などの奉公人も大勢いる。だが、御公儀の裁きが下る迄《まで》、弔いの仕度もせず、身を慎んでいるのだ。阿部屋敷の陰鬱さは暫《しばら》く続く筈《はず》だ。

喬四郎は、阿部屋敷の周囲を見廻《みまわ》した。

斜向《はす》いの旗本屋敷の門前では、老下男が掃除をしていた。

喬四郎は、掃除をしている老下男に近寄った。

「ちょいと尋ねるが……」

「は、はい……」

老下男は掃除の手を止め、喬四郎に怪訝《けげん》な眼を向けた。

「阿部屋敷の事件は知っているね」

「そ、それはもう……」

老下男は、怯《おび》えを滲《にじ》ませた。

「して、阿部左京太夫さまを斬った黒木清十郎だが……」

喬四郎は、老下男に素早く小粒を握らせた。

「こ、これは……」

老下男は戸惑った。

「心配するな。して、黒木清十郎、どのような人だったかな」

喬四郎は、笑顔で尋ねた。

「は、はい……」

老下男は、小粒を握り締めた。

「黒木清十郎さまは、手前共にも分け隔てなく声をお掛け下さる穏やかな方でして、御家中では納戸《なんど》方《かた》にございました」

老下男は告げた。

「ならば、此度《こたび》の事を聞いた時、驚いただろうな」

「それはもう、黒木さまが阿部のお殿さまを殺して逐電したなどと、とても信じられませんでした」

「そうか。して、乱心したと聞いたが、普段から妙な処はあったのかな」

「いえ、乱心していたなどとは、とても……」

老下男は首を捻《ひね》った。

「思えなかったか……」

「はい……」

老下男は、哀しげに頷いた。

「ならば、急に乱心した事になるが、何かあったのかな」

喬四郎は眉をひそめた。

「黒木さまは去年、幼いお子さまを病で亡くされ、奥さまと離縁されましてね……」

「ほう。御子を病で亡くされ、御妻女を離縁されたのか……」

「はい。詳しくは存じませんが、それが拘りあるとしたら、お気の毒な事です」

老下男は、黒木に同情した。

「うむ。して、御妻女は……」

「佳乃《よしの》さまと仰いまして、何でも根岸《ねぎし》の里の御実家に戻られたとか……」

黒木乱心については、離縁された妻の佳乃が何か知っているのかもしれない。

「根岸の里か……」

「はい。御浪人のお父上さまは、刀や骨董《こっとう》の目利きをされているそうでして……」

「ほう。刀や骨董の目利きか……」

黒木が使った村正は、離縁した妻と何らかの拘りがあるのかもしれない。

「あの、そろそろ戻らなければ……」

老下男は、申し訳なさそうに背後の旗本屋敷を気にした。

「おお、済まぬ。造作を掛けたな……」

喬四郎は詫《わ》びた。

「いいえ。では……」
老下男は、喬四郎に一礼して旗本屋敷の裏に廻って行った。
喬四郎は見送った。
黒木が乱心したのは、子を病で亡くして妻を離縁した事と拘りがあるのかもしれない。
喬四郎は、陰鬱さに覆われている阿部屋敷を眺めた。
供侍《ともざむらい》や中間《ちゅうげん》を従えた武家駕籠《かご》が、通りをやって来た。
見咎《みとが》められては何かと面倒だ。
「此迄だ……」
喬四郎は、阿部屋敷の前を離れて小川町の通りを北に向かった。
小川町の通りは、内濠《うちぼり》に架かっている雉子橋《きじばし》御門から神田《かんだ》川に続いている。
喬四郎は、小川町の通りを北に進んで神田川に向かった。
何者かが尾行《つけ》て来る……。
喬四郎は、背中に何者かの視線と気配を感じていた。
尾行て来る者の視線と気配は、阿部屋敷の門前を離れた直後に感じた。

おそらく尾行者は、阿部屋敷を見張っていたのだ。そして、阿部屋敷を窺《うかが》い、聞き込みをする喬四郎に不審を抱き、尾行て来たのだ。

迂闊《うかつ》だった……。

喬四郎は、気付かなかった己を恥じ、小川町の通りを横手に曲がった。

横手の通りに人影はなかった。

喬四郎は見定め、傍の大名屋敷の長屋塀の上に跳んだ。そして、長屋塀の屋根に潜み、気配を消して通りを窺った。

総髪で袴姿の浪人が、小川町の通りから曲がって来た。

尾行者……。

喬四郎は見定めた。

浪人は、喬四郎の姿が見えないのに戸惑い、慌てて辺りを見廻した。そして、喬四郎がいないと見定め、先の神田川に急いだ。

逆を取った……。

喬四郎は羽織を脱ぎ、長屋塀から飛び降りて浪人を追った。

浪人は、神田川に架かっている小石川《こいしかわ》御門に足早に向かっていた。

喬四郎は、充分な距離を取って追った。
総髪に袴姿……。
喬四郎は、浪人が本当に浪人なのかを見定めようとした。
阿部屋敷を見張っていた処をみると、目付配下の徒目付などかもしれない。
喬四郎は睨《にら》み、足早に行く浪人を尾行した。

二

神田川には荷船が行き交っていた。
浪人は、小石川御門前に立ち止まって辺りを見廻した。
俺を捜している……。
喬四郎は、浪人の動きを見守った。
浪人は、逃げられたと見定めたのか、腹立たしげな足取りで小石川御門を渡った。
何処に行くのだ……。
喬四郎は、浪人の素性を突き止めようと、後を追った。

不忍池《しのばずのいけ》には水鳥が遊び、幾つもの波紋を重ねていた。
総髪で袴姿の浪人は、通る人のいない不忍池の畔《ほとり》を進んだ。
喬四郎は尾行た。
誘いか……。
喬四郎の勘が不意に囁《ささや》いた。
次の瞬間、浪人は振り向いた。
隠れる暇はない……。
喬四郎は、己の身を晒《さら》した。
浪人は刀を抜き、喬四郎に猛然と斬り掛かった。
喬四郎は地を蹴《け》り、宙に高く跳んで躱《かわ》した。
浪人は、慌てて宙に高く跳んだ喬四郎を見上げた。
喬四郎は、飛び降りながら浪人に鋭い蹴りを浴びせた。
浪人は倒れた。
喬四郎は、倒れた浪人の刀を素早く奪ってその首に突き付けた。
浪人は踠《もが》き、凍《い》て付いた。
「何者だ……」

喬四郎は、浪人を厳しく見据えた。

「お、おのれ……」

「何者か云わねば死ぬ……」

喬四郎は、浪人の首に突き付けた刀を僅かに動かした。

首に血が溢《あふ》れ、流れた。

「吐け……」

喬四郎は詰め寄った。

「黙れ……」

浪人は、その眼に怒りと諦《あきら》めを交錯させ、口から血を流した。

しまった……。

喬四郎は刀を引いた。

浪人は、舌を嚙《か》み切って絶命した。

「おのれ……」

喬四郎は、浪人の自害を防げなかったのを悔んだ。

身許、素性の分かる物はないか……。

喬四郎は、浪人の懐を検《あらた》めた。しかし、身許を示す物は何も持っていなかった。

喬四郎は、戸惑いを覚えた。

目付の神山主膳配下の徒目付たちは、舌を嚙み切って自害する筈はない。

他にもいる……。

阿部左京太夫斬殺《ざんさつ》の一件を探っている者が、自分や目付以外にもいるのだ。

喬四郎は気付いた。

何者だ……。

喬四郎は、得体の知れぬ緊張感が湧き上がるのを感じた。

木洩《こも》れ日《び》は煌《きら》めいた。


黒木清十郎は、己の主の阿部左京太夫の首を斬り飛ばし、朋輩《ほうばい》である家来たちを斬り棄て、村正を持って逐電した。

それは、本当に乱心したからなのか……。

乱心したのは何故だ。

幼子を病で亡くし、妻と離縁したからなのか……。

喬四郎は、黒木の乱心を素直に受け入れられなかった。

黒木が離縁した妻の佳乃は、何か知っているかもしれない。

離縁した妻の佳乃か……。

喬四郎は、黒木が離縁した妻の佳乃と逢《あ》ってみる事にした。

「佐奈、暫く帰らぬ……」

喬四郎は告げた。

「はい……」

佐奈は、夫の喬四郎が御役目の探索に就いたのを知った。

翌日から陰膳《かげぜん》を据え、喬四郎が無事に帰るのを祈って待つ日が始まる。

それが、母の静乃もやって来た御庭番倉沢家の妻の役目なのだ。

「無事なお帰りを……」

佐奈は、喬四郎に深々と頭を下げた。

「うむ。案ずるな……」

喬四郎は微笑んだ。

翌朝、佐奈が眼を覚ました時、喬四郎は既にその姿を消していた。

佐奈は、喬四郎の無事な帰りを願って仏壇に手を合わせた。

黒木清十郎が離縁した妻は、名を佳乃と云って浪人の娘だった。

佳乃は離縁された後、浪人の父親が暮らしている根岸の里の実家に戻っている。

喬四郎は、根岸の里にある佳乃の実家に行く事にした。

小日向から根岸の里には、小石川、本郷《ほんごう》、下谷《したや》を通って行く。

喬四郎は、倉沢屋敷を出て江戸川に架かっている中ノ橋に向かった。

粋な半纏《はんてん》を着た才蔵が、中ノ橋の袂《たもと》に佇《たたず》んでいた。

「目付の神山主膳たちの探索、どうなっている」

喬四郎は尋ねた。

「徒目付たちが逐電した黒木清十郎の足取りを追っていますが、未だ摑《つか》めないようです」

才蔵は苦笑した。

「して、黒木が主の阿部左京太夫の首を斬り飛ばしたのをどう見ている」

「乱心の所為《せい》だと……」

「それだけか……」

「ええ……」

「ならば何故、乱心したのかは探っていないのか……」

喬四郎は眉をひそめた。

「きっと。とにかく目付たちは黒木清十郎を見付け、捕えようとしているかと……」

「そうか……」

「で、どうします」

「俺は黒木が何故、乱心したかが気になってな。それで才蔵、お前は阿部屋敷を見張ってくれ」

「阿部屋敷を……」

才蔵は戸惑った。

「うむ。俺や目付以外の得体の知れぬ者が見張っていたのだ……」

喬四郎は、尾行《つけ》て来た浪人を捕え、素性を吐かせようとして自害された事を話した。

「得体の知れぬ者……」

才蔵は、厳しさを滲ませた。

「うむ。おそらく自害した浪人の仲間が阿部屋敷に現れる筈だ」

阿部屋敷を見張り、仲間を死に追い込んだ理由を突き止める為に……。

喬四郎は読み、才蔵にその者を追って素性を突き止めるように命じた。

「心得ました」

才蔵は頷いた。

「才蔵、我らの知らぬ者共が秘《ひそ》かに何事かを企て、動いているようだ……」

喬四郎は、不敵な笑みを浮かべた。


根岸の里は上野《うえの》山の北の山陰にあり、幽趣があって長閑《のどか》な処から文人墨客に好まれていた。

喬四郎は、下谷から谷中《やなか》に出て天王寺《てんのうじ》東側の芋坂《いもざか》を降りて根岸の里に入った。

根岸の里には、石神井《しゃくじい》用水のせせらぎが軽やかに響いていた。

黒木清十郎が離縁した妻の佳乃は、刀や骨董の目利きを生業とする父親の住む実家に戻っている。

喬四郎は、石神井用水沿いの小道を進んだ。そして、通り掛かった宗匠頭巾《そうしょうずきん》に十《じっ》徳《とく》姿の初老の男を呼び止めた。

「付かぬ事を伺うが、此の辺りに刀や骨董の目利きをする浪人がいると聞いたのだが、御存知かな……」

喬四郎は尋ねた。

「ああ。それは、きっと時雨《しぐれ》の岡《おか》の傍の家に住んでいる夏目《なつめ》嘉《か》門《もん》さんですな」

宗匠は知っていた。

「時雨の岡の傍に住んでいる夏目嘉門さんですか……」

喬四郎は、黒木清十郎が離縁した妻佳乃の父親の名と住まいを知った。

根岸の里時雨の岡には、〝御行《おぎょう》の松〟と呼ばれている松の古木があり、その下に不動尊の草堂があった。

喬四郎は、時雨の岡の不動尊に手を合わせ、御行の松の下に佇んだ。

岡の北側には石神井用水が流れ、岸辺に縁側の広い家があった。

喬四郎は、陽差しの溢れている縁側の広い家を眺めた。

縁側の広い家の戸口は東側にあり、奥に人影が過ぎった。

誰だ……。

喬四郎は眉をひそめた。

初老の侍が家の奥から広い縁側に現れ、白鞘《しらさや》の刀を抜いて陽に翳した。

佳乃の父親で目利きの夏目嘉門か……。

喬四郎は見定めた。

嘉門は、白鞘の刀の目釘《めくぎ》を抜いて目利きを始めた。

三十前の武家の女が、家の奥から広い縁側に現れた。
佳乃か……。
喬四郎は、武家の女を見守った。
武家の女は、嘉門に何事かを告げた。
嘉門は頷いた。
武家の女は、縁側から奥に去った。
乱心した黒木清十郎が離縁した妻の佳乃に違いない……。
喬四郎は睨んだ。
僅かな刻が過ぎ、戸口から佳乃が風呂敷《ふろしき》包みを抱えて出て来た。
出掛ける……。
喬四郎は読んだ。
佳乃は、石神井用水沿いの小道を谷中に向かった。
喬四郎は、時雨の岡を降りて追い掛けようとした。
菅笠《すげがさ》を目深に被《かぶ》った百姓が戸口の奥から現れ、佳乃を追った。
何者だ……。
喬四郎は、菅笠を被った百姓が夏目の家の戸口を見張っていた人影だと気付いた。

菅笠を被った百姓は、石神井用水沿いの小道を行く佳乃を尾行た。

喬四郎は、佳乃を尾行る菅笠を被った百姓に続いた。

目付の神山主膳の配下の者か……。

喬四郎は、菅笠を被った百姓の素性を読んだ。

菅笠を被った百姓は、佳乃が元夫の黒木清十郎の行方を知っていると睨み、見張っていたのだ。

喬四郎は睨んだ。

水鶏《くいな》の鳴き声が長閑に響いた。


佳乃は、石神井用水に架かっている小橋を渡り、芋坂に向かった。

芋坂は上野の山と谷中天王寺の東側の土塀の間にあり、人通りは少なかった。

佳乃は、芋坂を進んだ。

菅笠を被った百姓は、佳乃との間の距離を詰め始めた。

何をする気だ……。

喬四郎は眉をひそめた。

菅笠を被った百姓は、指笛を短く鳴らした。

二人の浪人が、佳乃の前に現れた。

佳乃は、咄嗟《とっさ》に逃げようとした。だが、菅笠を被った百姓が、背後から駆け寄って佳乃の腕を摑んだ。

「何をするんです」

佳乃は厳しく咎め、菅笠を被った百姓の手を振り払おうとした。

菅笠を被った百姓は、佳乃を押さえ付けようとした。

「離して下さい」

佳乃は跪き、菅笠を被った百姓の手から必死に逃れた。

「黒木は何処にいる……」

菅笠を被った百姓は、怒りを滲ませて迫った。

「知りませぬ……」

佳乃は、首を横に振った。

「知らぬだと……」

「私は黒木に離縁された身です。知る筈がありません」

「果たしてそうかな……」

菅笠を被った百姓は、嘲笑《ちようしよう》を浮かべた。

佳乃は、顔を強張《こわば》らせた。

「もう一度訊《き》く、黒木は何処に潜んでいる」

「知りませぬ」

佳乃は、頑《かたく》なに首を横に振った。

「ならば、黒木を誘《おび》き寄せる餌になって貰う」

菅笠を被った百姓は、二人の浪人に目配せをした。

二人の浪人は、佳乃を捕えようとした。

刹那、喬四郎が現れ、二人の浪人を突き飛ばし、佳乃を後ろ手に庇《かば》った。

菅笠を被った百姓と二人の浪人は、不意に現れた喬四郎に戸惑った。

「昼日中の拐《かどわ》かしとは、畏れ入ったな」

喬四郎は苦笑した。

「黙れ。邪魔するな」

二人の浪人は、喬四郎に斬り掛かった。

喬四郎は、身体を僅かに反らして斬り込みを躱し、浪人の一人の刀を持つ腕を取って鋭い投げを打った。

浪人は、芋坂に激しく叩《たた》き付けられた。

土埃《つちぼこり》と苦しい呻《うめ》き声があがった。

「おのれ……」

残る浪人が、刀を構えて猛然と喬四郎に突っ込んだ。

喬四郎は、刀を抜き打ちに一閃した。

甲高い金属音が鳴り、刀が飛んだ。

飛ばされた刀は天王寺の土塀に突き刺さり、胴震いをして煌めいた。

残る浪人は刀を弾《はじ》き飛ばされ、顔を恐怖に引き攣らせて後退《あとずさ》りをした。

菅笠を被った百姓は、身を翻して逃げた。

二人の浪人が慌てて続いた。

「大丈夫か……」

喬四郎は、風呂敷包みを抱えて立ち尽していた佳乃に近付いた。

「は、はい。お陰さまで助かりました」

佳乃は、深々と頭を下げて礼を述べた。

「礼には及ばぬ。菅笠の百姓、武士のようだが、何者です」

喬四郎は尋ねた。

菅笠を被った百姓が、目付の配下の者でないのは確かだ。

「存じません……」

佳乃は、首を横に振った。

「知らない……」

喬四郎は眉をひそめた。

「はい……」

「知らない者が、不意に襲い掛かったか……」

「はい……」

佳乃は、喬四郎を見詰めて頷いた。

隠している……。

佳乃は、菅笠を被った百姓たちが何者か知っている。

それを隠すのは、黒木清十郎の事を訊かれたのを知られたくないからだ。

佳乃は、黒木が主の阿部左京太夫の首を獲《と》った事と、その居場所を知っているのかもしれない。

喬四郎は読んだ。

「そうか。ま、無事で良かった。気を付けるのだな……」

喬四郎は笑った。

「はい。忝《かたじけの》うございました。では、失礼致します」

佳乃は風呂敷包みを抱え、喬四郎に深々と頭を下げて立ち去った。

喬四郎は見送り、天王寺の土塀に跳んだ。


谷中天王寺は、湯島天神《ゆしまてんじん》や目黒不動《めぐろふどう》尊と並んで富籤《とみくじ》興行で名高かった。

佳乃は、賑《にぎ》わう天王寺門前を抜けて千駄木《せんだぎ》に向かった。

天王寺から現れた着流しの侍が、被っていた塗笠《ぬりがさ》をあげて佳乃を見送った。

喬四郎だった。

喬四郎は、天王寺の境内を駆け抜けて先廻りをし、塗笠を購《あがな》い、袴を脱いで身形《みなり》を変えたのだ。

佳乃は、千駄木に続く道を足早に進んでいた。

喬四郎は追った。

佳乃は、風呂敷包みを抱えて足早に進んだ。

喬四郎は慎重に追った。

佳乃は、菅笠を被った百姓の素性を知っていた。

菅笠を被った百姓は、黒木が村正で首を斬り飛ばした阿部左京太夫に拘りがある者なのかもしれない。

だとしたら、阿部家が公儀を憚って身を慎んでいるのは表向きだけであり、裏では秘かに黒木清十郎を追っているのだ。

狡猾《こうかつ》な真似を……。

喬四郎は苦笑した。


阿部屋敷は静寂に覆われていた。

才蔵は忍び装束に身を包み、向い側の旗本屋敷の長屋門の屋根に潜み、阿部屋敷を見張っていた。

昼間の旗本屋敷街は人通りも少なく、阿部屋敷に出入りする者はいなかった。

頭巾を被った武士が、供侍を従えて往来をやって来た。

足取りや身体付きから見て中年……。

才蔵は、頭巾の武士をそう見た。

供侍が、阿部屋敷の表門脇の潜り戸に駆け寄り、扉を叩いて何事かを告げた。

潜り戸を開け、中間が迎えに出て来た。

頭巾の武士と供侍が潜り戸を入り、中間が辺りを鋭く見廻して扉を閉めた。

何者だ……。

才蔵は気になり、旗本屋敷の長屋門の屋根を降りた。そして、向い側の阿部屋敷の長屋塀の屋根に跳んだ。

長屋門の向こうには作事小屋《さくじ》や廏《うまや》の屋根があり、表御殿の大屋根が見えた。

頭巾の武士は何処だ……。

才蔵は、作事小屋の屋根に跳び、廏の屋根に走った。そして、表御殿の屋根に跳んだ。

頭巾の武士は、おそらく阿部左京太夫の遺体に線香をあげる筈だ。

才蔵は、表御殿から奥御殿の屋根に走り、破風《はふ》を破って屋根裏に忍び込んだ。

奥御殿の屋根裏は薄暗く、薄く積もっている埃には鼠の足跡が付いていた。

才蔵は、梁《はり》の上を進んだ。

微かに線香の匂いがした。

此処《ここ》か……。

才蔵は梁の上に伏せ、天井板に小坪錐《こつぼぎり》で六分程の小さな穴を開けた。

線香の匂いが強くなった。

才蔵は、梁から身を乗り出して天井板に開けた小さな穴を覗《のぞ》いた。

眼下の座敷に敷かれた蒲団《ふとん》に阿部左京太夫の遺体が寝かせられ、枕元には火の灯《とも》された蠟燭《ろうそく》と紫煙を立ち昇らせる線香があった。そして、遺体に手を合わせる中年の武士と若い武士、戸口に白髪頭の老武士がいた。

中年の武士は頭巾を被った武士……。

才蔵は見定めた。

三

線香の紫煙は揺れながら立ち昇った。

中年の武士は、合わせていた手を解いた。

「して叔父《おじ》上、黒木清十郎、見付けましたか」

若い武士は身を乗り出した。

「未《ま》だだ。焦るな京一郎《きょういちろう》……」

叔父上と呼ばれた中年の武士は、冷ややかな笑みを浮かべた。

「は、はい……」

京一郎と呼ばれた若い武士は、不服げに頷いた。

「今、儂《わし》の手の者が黒木の行方を追っている。それより京一郎、当主が家臣に首を獲られたのは武門の恥辱であり、家中取締不行届。公儀は阿部家を厳しい眼で見詰めている。阿部家として当主の喪に服し、身を慎んでいなければ、阿部家は減知などで済まず、取り潰《つぶ》しの恐れがあるのだ。もしそうなれば京一郎、おぬしが阿部家の跡目を継ぐ事など叶《かな》わぬぞ」

中年の武士は、京一郎に厳しく告げた。

「京一郎さま、何事も主水正《もんどのしょう》さまの仰る通りにございますぞ」

戸口に控えていた老武士は、京一郎を厳しく窘めた。

「分かっている、爺《じい》……」

京一郎は苛立《いらだ》たしげに告げた。

「畏れ入ります」

老武士は、白髪頭を下げた。

「京一郎、成島惣兵衛《なるしまそうべえ》は阿部家の為を思っての諫言《かんげん》だ」

「はい……」

京一郎は、悔しげに頷いた。

「此の主水正、二千石取りの旗本矢崎《やざき》家の婿養子になったとは云え、元は阿部家次男で左京太夫の弟。黒木清十郎を必ず討ち果たして実家の恨みと恥辱を晴らす」

矢崎主水正は、厳しい面持ちで云い放った。

表向き阿部家の者たちには身を慎ませ、裏では殺された阿部左京太夫の実弟の旗本矢崎主水正が秘かに動いているのだ。

才蔵は知った。

黒木清十郎の命を狙っているのは矢崎主水正……。

見張るべき相手は、旗本の矢崎主水正なのだ。

才蔵は見極めた。

小石川白山《はくさん》権現の手前の片町《かたまち》に、古い浄円寺《じょうえんじ》はあった。

佳乃は、千駄木団子《だんご》坂から四《し》軒寺町《けんてらまち》を抜けて片町の浄円寺を訪れた。

黒木清十郎は浄円寺に潜んでいるのか……。

そして、妖刀村正を持っているのか……。
喬四郎は、異様な緊張感を覚えた。
佳乃は、浄円寺の庫裏《くり》に入った。
喬四郎は見守った。
僅かな刻が過ぎ、佳乃が火の付いた線香を手にして庫裏から出て来て裏手に廻った。
墓参りか……。
喬四郎は、微かな落胆を覚えた。
墓地の片隅にある墓の傍には、小さな地蔵尊があった。
佳乃は、墓に線香を供えて手を合わせた。
小さな地蔵尊がある処をみると、おそらく病で死んだ子供の墓なのだ。
喬四郎は読んだ。
佳乃は、子供の墓に手を合わせ続けた。
線香の紫煙は揺れた。
佳乃は、合わせていた手を解き、長い祈りを終えた。

して、どうする……。
喬四郎は、佳乃を見守った。
佳乃は、墓の前から動かなかった。
どうした……。
喬四郎は、微かな戸惑いを覚えた。
誰かを待っているのか……。
喬四郎は、広い墓地を見廻した。
墓地の奥の垣根の木戸が開き、編笠《あみがさ》を被った着流しの侍が入って来た。
黒木清十郎か……。
喬四郎は、墓石の陰から窺った。
着流しの侍は、佳乃がしゃがみ込んでいる墓に近付いた。
佳乃は気が付き、立ち上がって小さな会釈をした。
着流しの侍は編笠を取り、佳乃に微笑み掛けた。そして、墓に手を合わせた。
黒木清十郎に違いない……。
喬四郎は見定めた。
黒木は墓参りを終えた。

佳乃は、黒木に寄り添った。

黒木清十郎と佳乃は、離縁をしても繋《つな》がっている。

偽りの離縁なのだ……。

となると、黒木が乱心して阿部左京太夫を殺したのは、前以《もっ》て企てられていたのだ。そして、乱心も偽りに他ならない。

喬四郎は気付いた。

黒木と佳乃は、半年前に病で死んだ子の墓の前で何事か言葉を交わした。

黒木は、佳乃の言葉に眉をひそめた。

佳乃は告げた。

黒木は厳しい面持ちで頷き、手にしていた編笠を被った。

「お前さま……」

佳乃は、不安を滲ませた。

「案ずるな。小一郎《こいちろう》が必ず護《まも》ってくれる」

黒木は微笑み、墓の傍の小さな地蔵尊の頭を一撫《ひとな》でして踵《きびす》を返した。

「お前さま……」

佳乃は、思わず追った。

黒木は、構わず墓地の奥の垣根の木戸に向かった。

佳乃は立ち止まり、深々と頭を下げて黒木を見送った。

喬四郎は、黒木清十郎を追った。


黒木清十郎は、浄円寺の裏手から駒込《こまごめ》片町の通りに出た。

喬四郎は慎重に尾行た。

黒木は、駒込片町の通りを本郷追分に向かった。

喬四郎は追った。

黒木は、本郷通りの追分から加賀国金沢《かがのくにかなざわ》藩江戸上屋敷の前を通り、北ノ天神真光《しんこう》寺《じ》の門前町に曲がった。

何処に行く……。

喬四郎は、本郷弓町に進む黒木を油断なく追った。


夕暮れ近く。

本郷弓町の旗本屋敷街には、物売りの声が長閑に響いていた。

黒木は、一軒の旗本屋敷の前に立ち止まり、閉じられている表門を見上げた。

喬四郎は、物陰に潜んで見守った。

誰の屋敷だ……。

喬四郎は、旗本屋敷を眺めた。

黒木は、頭巾を被った武士が供侍を従えて来るのに気付き、素早く横手の路地に隠れた。

旗本屋敷の者たちなのか……。

喬四郎は読んだ。

頭巾を被った武士は、供侍を従えて旗本屋敷に近付いた。

黒木は路地に潜み、憎悪を込めて頭巾を被った武士を睨み付けた。

頭巾を被った武士は、供侍を従えて旗本屋敷に入って行った。

黒木は路地から現れ、閉じられた表門を睨みつけて小さな吐息を洩らした。

「喬四郎さま……」

才蔵の囁きが聞こえた。

喬四郎は、才蔵を捜した。

才蔵は、斜向いの旗本屋敷の表門の屋根に潜んでいた。

喬四郎は、斜向いの旗本屋敷の表門の屋根に跳んだ。

喬四郎は、旗本屋敷の表門の屋根にいる才蔵の隣に忍んだ。

「黒木清十郎ですか……」

才蔵は、旗本屋敷の路地に潜んでいる黒木を示した。

「うむ。佳乃と子供の墓で落ち合い、墓参りをして此処に来た……」

「じゃあ、離縁をしたってのは……」

才蔵は眉をひそめた。

「おそらく、阿部左京太夫の首を獲る為の偽装だろう」

「黒木と佳乃はそれ程迄に阿部を恨み、憎んでいましたか……」

「うむ。して、頭巾を被った武士は何者だ」

喬四郎は、旗本屋敷を見据えた。

「首を獲られた阿部左京太夫の実弟で、此の矢崎家に婿入りした主水正です」

才蔵は、阿部家の天井裏に潜んで知った事を喬四郎に話した。

「成る程、阿部家の者には、公儀の手前、身を慎ませ、矢崎家に養子に出た主水正が黒木清十郎を秘かに狙っているか……」

喬四郎は、佳乃を見張り、芋坂で襲った菅笠の百姓と二人の浪人が矢崎主水正の配下だと知った。

「佳乃を捕え、黒木清十郎を誘き出す餌にするか。汚い姑息《こそく》な真似をしやがる……」

才蔵は、腹立たしげに吐き棄てた。

「うむ。して、黒木がそれを知ってどうするかだ……」

喬四郎は、路地に潜んでいる黒木を眺めた。

「斬り込みますか……」

才蔵は眉をひそめた。

「かも知れぬ……」

喬四郎は読んだ。

「ですが、多勢に無勢。それに、斬り込むのを待ち構えているかも……」

才蔵は、矢崎屋敷を見据えた。

「才蔵、黒木は恐ろしい斬れ味の妖刀村正を持っている……」

喬四郎は、厳しい面持ちで告げた。

「妖刀村正ですか……」

才蔵は、緊張を浮かべた。

「うむ。剣の腕が並ならば、村正の力を借りて恐ろしい遣い手になる」

喬四郎は眄んだ。

「それ程の刀ですか……」

「うむ。妖刀村正は、手にする者を鬼や夜叉《やしゃ》、修羅にもする」

喬四郎は、不敵な笑みを浮かべた。

陽は西に大きく傾き、夕暮れ時が近付いた。

矢崎屋敷の潜り戸が開いた。

羽織袴の武士が、潜り戸から出て来て夕暮れの町を見廻した。

喬四郎は、羽織袴の武士が佳乃を襲った菅笠を被った百姓だと気付いた。

矢崎主水正の家来……。

喬四郎は見定めた。

家来は、弓町の旗本屋敷街を本郷の通りに向かった。

黒木清十郎は路地を出た。そして、本郷の通りに向かった矢崎家の家来を追った。

「才蔵……」

喬四郎は、向い側の旗本屋敷の表門の屋根を降り、家来を追う黒木清十郎に続いた。

才蔵は続いた。
矢崎家の家来、森山伝兵衛《もりやまでんべえ》は、本郷の通りを横切って切通しを湯島天神裏に進んだ。
黒木清十郎は追った。
森山は湯島切通町《ゆしまきりどおしちょう》に入り、男坂の下の坂下町の片隅にある古い飲み屋に入った。
黒木清十郎は、古い飲み屋の前に佇んだ。
森山伝兵衛は、矢崎主水正の手足となって私を斃《たお》す為、佳乃を人質にしようとした。
許せぬ……。
黒木は、古い飲み屋を窺った。
古い飲み屋は、酔客の話し声や笑い声も聞こえず、妙に静かだった。
待ち構えているか……。
狡猾な森山伝兵衛らしい企《たくら》みだ。
黒木は読み、苦笑した。

「黒木、何をする気ですかね」

才蔵は、古い飲み屋の前に佇んでいる黒木を窺った。

「家来は佳乃を捕えて、黒木を誘き出す餌にしようと企んだ奴。斬り棄てる気だ」

喬四郎は、冷徹に黒木の腹の内を読んだ。

黒木は、古い飲み屋に近付いて腰高障子を開けた。

次の瞬間、古い飲み屋から浪人が飛び出し、黒木に斬り掛かった。

浪人は、村正を抜き打ちに放った。

黒木は、血を振り撒いて倒れた。

数人の浪人や渡世人が、古い飲み屋から飛び出して来て黒木を取り囲み、刀や匕《あい》首《くち》を抜き放った。

「出て来い。森山伝兵衛……」

黒木は、古い飲み屋の中に呼び掛けた。

矢崎主水正の家来は、森山伝兵衛……。

喬四郎と才蔵は知った。

森山伝兵衛は、黒木の呼び掛けに応じず古い飲み屋から出て来なかった。

「ならば、此方《こちら》から参る……」

黒木は、村正を一振りした。
空を斬る音が短く鳴り、鋒《きつさき》から血が飛んだ。
浪人と渡世人は、刀や匕首を構えて黒木に殺到した。
黒木は、村正を縦横に閃かせた。
怒号と悲鳴があがり、砂利が跳び跳ね、血が飛んだ。
浪人と渡世人は次々に倒れた。
黒木は返り血を僅かに浴び、不気味な笑みを浮かべた。
才蔵は、恐ろしそうに眼を瞠《みは》って喉《のど》を鳴らした。
喬四郎は、黒木を見詰めた。
酔っている……。
黒木は、人を斬る事と血の臭いに酔っている。
喬四郎は、黒木の状態を読んだ。
村正がそうさせているのか……。
もしそうなら村正は、噂に違《たが》わぬ恐ろしい妖刀だ。
喬四郎は見守った。
黒木は、残っている浪人と渡世人を不気味な笑みを浮かべて見廻した。

残った浪人と渡世人たちは、恐怖に衝《つ》き上げられて我先に逃げた。

「森山伝兵衛……」

黒木は、楽しそうな笑みを浮かべて古い飲み屋に近寄った。

刹那、長脇差を構えた渡世人が、悲鳴のように叫びながら古い飲み屋から黒木に向かって飛び出した。

黒木は、咄嗟に身体を開いて躱し、村正を横薙ぎに一閃した。

渡世人は、脇腹を斬られて前のめりに倒れ込んだ。

森山伝兵衛は、その隙に古い飲み屋を飛び出して逃げようとした。

黒木は、素早く森山の前に立ち塞《ふさ》がった。

村正の鋒から血が滴り落ちた。

「寄るな。寄るな、黒木……」

森山は刀を抜き、嗄れ声を引き攣らせた。

「佳乃を捕え、私を誘き出す。そいつは、私に用があるからだろう」

黒木は、不気味に笑った。

「ない。私はお前に用などない」

「ならば何故、佳乃を捕えようとした」

「黙れ」
森山は、黒木に斬り付けた。
黒木は森山の刀を撥《は》ね、無雑作に村正を斬り下げた。
森山は、額から血を流して棒のように斃れた。
黒木は、森山の死を見定めた。
静寂が訪れた。
村正の鋒から滴り落ちる血の音が、夜の静寂に響いた。
黒木は、森山伝兵衛の懐の懐紙を取り、村正に拭《ぬぐ》いを掛けた。
血の拭き取られた村正は、月明かりを浴びて妖しく輝いた。
黒木は、妖しく輝く村正を見て嬉しげに笑った。
喬四郎は見守った。
狂っている……。
妖刀村正は、手にする者を狂わせる。
喬四郎は睨んだ。
黒木は、村正を鞘《さや》に納めた。そして、その顔から笑みを消して歩き出した。
「喬四郎さま……」

才蔵が促した。

「うむ……」

喬四郎は、才蔵と共に黒木を追った。


不忍池に月影は揺れていた。

黒木清十郎は、不忍池の畔を進んで根津権現《ねづごんげん》に向かった。

喬四郎と才蔵は追った。


根津権現門前町の盛り場は賑わっていた。

黒木清十郎は、酌婦の誘いを断って盛り場を進んだ。そして、盛り場の奥にある居酒屋の暖簾を潜った。

居酒屋の店内は客の声や笑いが洩れ、賑わっていた。

「どうします……」

才蔵は、指図を仰いだ。

「入ってみよう……」

喬四郎と才蔵は、居酒屋に入った。

「いらっしゃい……」

若い衆が威勢良く迎えた。

喬四郎は、店内を素早く見廻して黒木清十郎を捜した。

黒木は、三人の浪人たちと隅で酒を飲んでいた。

喬四郎と才蔵は、若い衆に酒と肴を注文して黒木と浪人たちの近くに座った。

「それで麻生《あそう》どの、私もその話に加わらせて戴《いただ》けるのですか……」

黒木は、中年の浪人を麻生と呼んで尋ねた。

「うむ。我らは今、此《これ》と思った人だけに声を掛けておりましてな。未だ未だだが、僅かずつ整って来ている」

麻生は酒を飲んだ。

「左様ですか……」

黒木は、麻生に酒を注いだ。

「これは畏れ入る。さっ、黒木どのも……」

麻生は、黒木に酌をした。

黒木は、猪口《ちょこ》の酒を飲み干して麻生の酌を受けた。

黒木と麻生たち浪人は酒を飲んだ。

「何の話なんですかね」

才蔵は酒を飲んだ。

「うむ。麻生と云う浪人、人を集めているようだ……」

喬四郎は読んだ。

「人集めですか……」

才蔵は戸惑った。

「さあて、何をする為の人集めなのか……」

喬四郎は眉をひそめた。

麻生たちは何者なのだ……。

喬四郎は、不意に麻生の素性が気になった。

刻は過ぎ、居酒屋の店内は多くの客で賑わった。

四

亥《い》の刻四つ（午後十時）の鐘が鳴り響いた。

喬四郎は、斜向いの路地に潜んで黒木が居酒屋から出て来るのを待った。

才蔵が、若い衆に見送られて居酒屋から出て来た。

「やっと御開だ……」

才蔵は苦笑した。

喬四郎は、黒木を尾行て塒《ねぐら》を突き止めようとしていた。

黒木と麻生たち浪人が、居酒屋から酔った足取りで出て来た。

喬四郎と才蔵は、斜向いの路地を出て黒木と麻生たちを追った。


黒木と麻生たち浪人は、明かりの消え始めている盛り場を出た。

刹那、浪人の一人が黒木の背に袈裟《けさ》懸《が》けの一刀を放った。

黒木は、咄嗟に躱そうとした。だが、酔いに足を取られて躱し切れなかった。

黒木は、背中を袈裟懸けに斬られて大きく仰《の》け反った。

麻生は、仰け反った黒木の腰から素早く村正を奪い取った。

「お、おのれ……」

黒木はよろめき、膝《ひざ》をついた。

「黒木、村正は戴く……」

麻生は、村正を抜き放った。
村正は妖しく輝いた。
刹那、喬四郎は姿を隠したまま手裏剣を放った。
手裏剣は麻生に飛来した。
麻生は、咄嗟に村正を一閃した。
手裏剣は弾き飛ばされた。
喬四郎は、続け様に手裏剣を放った。
麻生は必死に躱し、身を翻して逃げた。
二人の浪人が続いた。
「才蔵、追ってくれ」
「心得た……」
才蔵は、麻生と二人の浪人を追った。
喬四郎は、倒れている黒木に駆け寄った。
黒木は背中から血を流し、苦しく呻いていた。
「黒木……」
喬四郎は、黒木を抱き起こした。

黒木は気を失った。

妖刀村正は、黒木清十郎から麻生と云う浪人の手に渡った。

麻生は、妖刀村正をどうする気なのだ……。

喬四郎は、気を失った黒木を背負って谷中天王寺に向かった。


神田川の流れは月影を揺らしていた。

麻生と二人の浪人は、不忍池の畔を小走りに進み、明神下の通りを神田川に出た。

才蔵は、麻生たち浪人の素性を突き止めようと、慎重に追った。

麻生と二人の浪人は、神田川の北岸を大川《おおかわ》に向かって足早に進んだ。そして、神田川に架かっている和泉《いずみ》橋の北詰、佐久間《さくま》町二丁目の裏通りに入った。

才蔵は追った。

麻生と二人の浪人は、裏通りの家並みの路地に曲がった。

才蔵は、路地の入口に走って奥を覗いた。

麻生と二人の浪人は、路地の奥にある家に入った。

才蔵は見届けた。

石神井用水のせせらぎは、根岸の里の夜の静寂に響いていた。

喬四郎は、気を失っている黒木清十郎を背負って石神井用水沿いの小道を進んだ。

やがて行く手に佳乃の実家であり、目利き浪人の夏目嘉門の家が見えた。

喬四郎は、夏目の家の周囲を窺った。

見張っている者や不審な事はない……。

喬四郎は見定め、黒木を背負って嘉門の家の戸口に向かった。


「何方《どなた》かな……」

戸の奥に手燭《てしょく》の明かりが揺れ、嘉門の厳しい声がした。

「黒木清十郎が深手を負った……」

喬四郎は戸の奥に囁いた。

佳乃の驚く息遣いが洩れ、戸が開いた。

喬四郎は、背中で気を失っている黒木の顔を見せた。

嘉門は、手燭の明かりを向けた。

「お、お前さま……」

佳乃《の》は息を呑んだ。

「佳乃、奥に運んで貰いなさい」

嘉門は、そう云って奥に入った。

「はい。申し訳ございませぬ。そのまま奥にお通り下さい」

佳乃は、喬四郎に頭を下げた。

「心得た……」

喬四郎は、黒木を背負って家に入った。


幾つもの明かりが灯された。

夏目嘉門は、気を失っている黒木の背中の傷の手当てをした。

幸いな事に背中の傷は、骨には届いていなかった。

「今の処、命は取り留めそうだ……」

嘉門は、安堵《あんど》した声を洩らした。

「良かった……」

佳乃は、嬉し涙を零《こぼ》した。


「いろいろお世話になりまして、忝うございました……」

佳乃は、喬四郎に茶を差し出した。

「いや。命に別状なくて何よりだ」

喬四郎は微笑んだ。

「あの。お侍さまは……」

佳乃は、喬四郎が芋坂で襲われた時に助けてくれた侍だと気付いた。

「うむ……」

喬四郎は頷いた。

「佳乃……」

嘉門が現れた。

「父上、此方さまは昼間、お助け戴いた方にございました」

佳乃は、嘉門に告げた。

「ほう。夫婦揃ってお助け戴いたか……」

嘉門は、喬四郎に厳しい眼を向けた。

「拙者は公儀の者です」

喬四郎は、小細工をせずに微笑んだ。

「御公儀の……」

嘉門と佳乃は緊張した。

「左様。黒木清十郎、何故、主の阿部左京太夫の首を獲ったのか、まことの理由をお教え願いたい」

「まことの理由……」

喬四郎は単刀直入に尋ねた。

佳乃は、戸惑いを浮かべた。

「左様。阿部家の者は、黒木の乱心で事を納めようとしているが、その裏では殺された左京太夫の実弟矢崎主水正が動いている。昼間、佳乃さんを襲った百姓は矢崎家家中の森山伝兵衛。そうですな」

喬四郎は、佳乃に念を押した。

「は、はい……」

佳乃は頷いた。

「森山伝兵衛は黒木に斬り棄てられました」

喬四郎は告げた。

「ならば、黒木を斬ったのは……」

嘉門は眉をひそめた。

「村正を狙った麻生と申す浪人共……」

「麻生と云ぅ浪人……」

「左様。黒木に酒を飲ませ、不意に背後から襲っての所業。狙いは妖刀村正かと……」

喬四郎は睨んだ。

「そうですか。佳乃、お前たちの離縁も嘘偽りだと気付いておいでのようだ。最早、何もかも話すのだな」

嘉門は、佳乃に勧めた。

「はい。黒木と私には、去年迄小一郎と云ぅ四歳になる子がおりました」

佳乃は話し始めた。

「ですが去年、小一郎が急に高い熱を出しまして、手持ちの熱冷ましも効かず、南蛮渡りの値の張る熱冷ましの薬が必要になりました。処がお金がなく、黒木は阿部家御用人の成島惣兵衛さまに十両を貸して欲しいと頼みました。成島さまはそれは一大事だと直ぐに貸してくれようとしました。ですが、お殿さまが……」

佳乃は、悔しげに唇を嚙みしめた。

「阿部左京太夫が何をしたのだ」

「五両で良いだろうと……」

「五両……」

喬四郎は眉をひそめた。

「はい。ですが、五両では足らず、黒木はお殿さまに懸命に頼みました。ですが……」

「十両は貸して貰えなかったのか……」

「はい。そして、小一郎は……」

佳乃は、溢れる涙を拭った。

「小一郎は死んだのです。いや。阿部左京太夫に殺されたも同然……」

嘉門は告げた。

「それで、黒木は小一郎の恨みを晴らそうと、妻の佳乃どのを離縁し、おぬしの手を借りて村正を手に入れたか……」

喬四郎は読んだ。

「うむ。身分低き家来の子でも、命の重さに変わりはない……」

嘉門は、怒りを滲ませた。

「そうか……」

喬四郎は、黒木清十郎が主の阿部左京太夫の首を獲った理由を知った。

「分かるか、黒木清十郎の無念さが……」

嘉門は、老顔に哀しさを滲ませた。

「私が黒木の立場なら、やはり阿部左京太夫の首を獲っただろう……」

喬四郎は、不敵に云い放った。


神田佐久間町二丁目の裏通り……。

喬四郎は、才蔵の報《しら》せを受けて佐久間町の裏通りにやって来た。

才蔵が現れた。

「麻生は何処にいる……」

「此の路地の奥の家に……」

才蔵は、路地奥の家を示した。

「一人か……」

「いえ。昨夜一緒だった二人の浪人と。他にも浪人が出入りをしています」

「食い詰め浪人の溜《たま》り場か……」

喬四郎は、路地奥の家を見詰めた。

「ええ……」

才蔵は、路地を出入りしている浪人たちを眺めた。

「して、麻生はどんな奴だ」

「麻生源之助《げんのすけ》、もう直、大名か大身旗本の家臣になると云っているそうですよ」

才蔵は嘲笑《あざわら》った。

「大名か大身旗本……」

喬四郎は眉をひそめた。

「ええ。今時、新しい家臣を雇おうなんて大名や旗本がいるんですかね」

才蔵は苦笑した。

「さあな……」

「堅苦しくて面倒な宮仕えの何処が良いのか……」

才蔵は呆《あき》れた。

「皆が皆、才蔵のような奴じゃあないさ」

喬四郎は苦笑した。

「ま、少なくても扶持米《ふちまい》は貰えますか……」

「ああ……」

「で、黒木清十郎は……」

「命は助かる……」

「して、主の阿部左京太夫の首を獲った理由は……」

「幼い倅《せがれ》の無念を晴らした……」

「そうですか……」

才蔵は、詳しくは尋ねなかった。

「よし。才蔵、麻生に村正を返して貰ってくる……」

喬四郎は告げた。

「お供しますか……」

「いや。村正を返して貰うだけだ。それには及ばぬだろう」

「ならば、村正を持って逃げる者がいないか見張っていよう」

才蔵は笑った。

「頼む……」

喬四郎は、才蔵を残して路地奥の家に向かった。

路地奥の家の腰高障子は開いた。

喬四郎は、土間に入った。

薄暗い土間は、その昔は何かの店だったのか広かった。

男たちの話し声が、奥から聞こえていた。

喬四郎は奥に向かった。


奥には台所があり、居間があった。

居間では、麻生源之助と三人の浪人が湯呑茶碗《ゆのみぢやわん》の酒を飲んでいた。

「何だ、おぬし……」

浪人の一人が喬四郎に声を掛けた。

「うむ。麻生どのに用があってな」

「ならば、おぬしも仕官が目当てか……」

「う、うむ……」

「ま、地獄の沙汰《さた》も金次第って処だぞ」

「金か……」

「ああ。押込み、辻《つじ》強盗、強請集《ゆすりたか》り、何をしてでも金を作るんだな。では、麻生どの……」

「うむ、次は金を忘れるな……」

麻生は笑った。

「心得た。では、御免……」

二人の浪人が帰って行った。

「で、お前さんも仕官の口を探しているのか」

麻生は、喬四郎を見据えた。

「仕官の口があるのか……」

「ああ。だが、金が掛かるぞ」

麻生は、薄笑いを浮かべた。

「金が掛かるか……」

「ああ……」

麻生は頷いた。

「そうか。ならば、仕官の話は此の次だ」

「何……」

麻生は戸惑った。

「麻生源之助。昨夜、黒木清十郎から奪った村正を返して貰おう」

喬四郎は笑い掛けた。
麻生は、咄嗟に刀を取ろうと手を伸ばした。
喬四郎は、麻生の伸ばした手を摑んで捻《ねじ》りあげた。
麻生は床に顔を押し付け、苦しく呻き踠いた。
「おのれ……」
残っていた浪人が、喬四郎に斬り掛かった。
刹那、喬四郎は麻生の脇差を奪って鋭く突き出した。
斬り掛かった浪人は、腹に脇差を叩き込まれて倒れた。
「村正は何処だ」
喬四郎は、麻生に囁いた。
「分かった。渡す、村正を渡す……」
麻生は、悔しげに告げた。
喬四郎は、麻生の腕を捻り上げていた手を緩めた。
麻生は、押し入れを開けて刀を取り出した。
喬四郎は、刀を取って抜き放った。
刀は妖しい輝きを放ち、包まれた。

村正……。

喬四郎は、刀を村正だと見定めた。

次の瞬間、麻生は刀を取って喬四郎に斬り付けた。

喬四郎は、咄嗟に村正を一閃した。

村正は瞬き、何の衝撃もなく麻生の胸元を斬り裂いた。

麻生は、呆然《ぼうぜん》とした面持ちで斃れた。

恐ろしい程の斬れ味……。

村正は、まるで己の意志で動いたかのように麻生の胸元を斬り裂いた。

喬四郎は、妖刀村正の恐ろしさを知った。


江戸城御休息御庭には陽差しが溢れていた。

吉宗は、政務の合間に庭を散歩し、四阿に立ち寄った。

「喬四郎……」

「はっ……」

四阿には喬四郎が、刀袋に入れた刀を持って控えていた。

「それが村正か……」

吉宗は、喬四郎が持っている刀袋に入った刀を見詰めた。

「左様にございます」

「うむ。して、阿部左京太夫の首を獲った家来は如何致した」

「既に……」

喬四郎は、黒木清十郎の生死を暈《ぼ》かした。

「既に……」

吉宗は眉をひそめた。

「畏れながら上様、黒木清十郎なる家来が阿部さまの首を獲ったのは……」

喬四郎は、家来の黒木が主の阿部を恨んだ事情を詳しく報告した。

「成る程、そう云う次第か……」

吉宗は眉をひそめた。

「はい。そして、阿部家の者共が身を慎む裏で、実弟の旗本矢崎主水正が秘かに黒木に恨みを晴らさんと……」

「喬四郎、目付の神山主膳に阿部左京太夫と矢崎主水正の行状、詳しく探るよう命じよう」

吉宗は、厳しい面持ちで告げた。

「ははっ……」

喬四郎は平伏した。

旗本阿部家と矢崎家には、公儀から何らかの御咎めがある筈だ。

「村正を……」

「はっ……」

喬四郎は、刀袋から刀を取り出して捧《ささ》げた。

「此が徳川家に仇なす村正か……」

吉宗は、村正を手に取って見据えた。

喬四郎は見守った。

村正を抜けば、吉宗の身に何らかの禍《わざわい》が起こる……。

吉宗は、小さな笑みを浮かべて村正を緩やかに抜き放った。

村正は煌めいた。

「見事な……」

吉宗は、眩《まぶ》しげに眼を細めて煌めく村正を眺めた。

禍が起こる気配はなかった。

喬四郎は、徳川家に仇なす妖刀村正を吉宗に持参する役目を終えた。

微風が御休息御庭を吹き抜けた。

小日向新小川町の旗本屋敷街には、行商人の売り声が長閑に響き渡っていた。

倉沢屋敷は表門を閉じ、静けさに覆われていた。

佐奈は、母の静乃と下男宗平の女房お春《はる》と台所仕事に一区切り付け、自分と喬四郎の座敷に戻った。

庭に面した座敷は障子が閉められていた。

障子は開け放したままだった筈だ……。

佐奈は気付き、懐剣の紐《ひも》を解いた。そして、懐剣の柄《つか》を握り、障子を僅かに開けて座敷の様子を窺った。

微かな人の気配がした。

佐奈は、障子を開けて座敷に忍び込んだ。

刹那、鴨居の上に潜んでいた人影が、佐奈の背後に飛び降りて佐奈の口を塞いで捕まえようとした。

佐奈は、素早く身を沈めて人影の手を躱し、庭先に跳んで懐剣を抜いて構えた。

「見事……」

笑った人影は喬四郎だった。

「お前さま……」

佐奈は微笑んだ。

「今、戻った」

喬四郎は、笑顔で頷いた。

「無事なお戻り、祝着にございます」

佐奈は、懐剣を仕舞って挨拶をした。

「うむ。ならば義父上と義母上に御挨拶をしてくるか……」

「はい……」


喬四郎は、義父の左内と義母の静乃の許を訪れ、挨拶をした。

「うむ。御役目、御苦労だったな……」

左内は、喬四郎を労《ねぎら》った。

「婿どの、御公儀の御役目が無事に終わったのならば、次は倉沢家の婿としての御役目にお励みなさい」

静乃は微笑んだ。

「は、はい。それはもう……」

喬四郎は頷いた。

「では、夕餉は婿どのに精の付くものを用意致しましょうね」

静乃は、隠居所を出て行った。

左内は苦笑した。

「喬四郎、子は授かりものだ。気にするな」

「は、はい。処で義父上、或《あ》る浪人が大名や大身旗本に仕官したければ、金を用意しろと云っていましてな。今時、そのような大名家や大身旗本家がありますかね」

喬四郎は眉をひそめた。

「まさか、新しい大名家や大身旗本が出来ぬ限り、家臣を集める事もあるまい」

「新しい大名家か大身旗本ですか……」

「うむ。喬四郎、その昔、大名家の仕官を餌に浪人共から金を奪う騙《かた》り者がいたが、その手合が絡んでいるかもしれぬぞ」

左内は読んだ。

「浪人を狙った騙りですか……」

「うむ。浪人の中には仕官に必要な金を作る為、辻強盗や押込みを働いた奴もいたそうだ」

左内は眉をひそめた。

「ほう。仕官に必要な金を作る為に……」

喬四郎は、厳しさを過ぎらせた。

第二章　浪人哀歌

一

日本橋伊勢町《にほんばしいせ》の米問屋は、徒党を組んだ浪人たちに押込まれ、三百両の金を奪われた。

月番の南町《みなみまち》奉行所は探索を開始した。だが、浪人たちは、米問屋の押込みだけに徒党を組んだらしく、探索は難航した。

神田川沿い柳原《やなぎわら》通りに辻《つじ》強盗が現れ、大店《おおだな》の旦那《だんな》を斬って金を奪った。

辻強盗は、鼻と口元を手拭《てぬぐい》で隠した浪人だった。

押込みに辻強盗……。

町奉行所の懸命な探索にも拘《かか》わらず、浪人たちの凶行は続いた。

江戸の町の者たちの恐怖は募り、公儀に対する怨嗟《えんさ》の声があがり始めた。

江戸城御休息御庭に人気はなかった。

吉宗は、小姓を残して四阿《あずまや》に向かった。

四阿には、御庭之者の倉沢喬四郎が控えていた。

「喬四郎……」

「はっ……」

「江戸の町で浪人共が悪事を働いているようだな」

「はい……」

「忠相《ただすけ》たち町奉行所の者たちが懸命に探索をしているが……」

「はい……」

「して喬四郎、此処《ここ》の処、浪人共の悪事が異様に増えたとは思わぬか……」

「仰せの通りかと存じます」

喬四郎は頷《うなず》いた。

「何故かな……」

吉宗は、喬四郎を見据えた。

「探ってみますか……」

「うむ。背後に何かが潜んでいるのかもしれぬ……」

吉宗は眉《まゆ》をひそめた。

「上様。新しき大名家や大身旗本家を立てるようなお話はございますか……」

喬四郎は尋ねた。

「新しき大名家や大身旗本家を立てる……」

吉宗は聞き返した。

「左様にございます」

「ない……」

吉宗は云い切った。

「ございませぬか……」

「喬四郎、それがどうかしたのか……」

「噂のようなものが……」

「あるのか……」

「はい……」

「何《いず》れにしろ喬四郎、浪人共の悪事が何故に増えたか、急ぎ突き止めろ」

「ははっ……」

喬四郎は、吉宗の命を受けた。

妖刀村正を巡って喬四郎に斬られた浪人の麻生源之助は、仕官をしたければ何をしてでも金を作れと云っていた。

押込み、辻強盗、強請集《ゆすりたか》り……。

あの時、麻生源之助の家に出入りをしていた浪人たちを捜すか……。

喬四郎は、神楽坂の小料理屋に赴き、才蔵を善國寺門前の茶店に呼び出した。

才蔵は、着流しに粋な半纏《はんてん》を纏《まと》ってやって来た。

喬四郎は、神田佐久間町二丁目の麻生源之助の家に出入りしていた浪人たちについて訊《き》いた。

「出入りしていた浪人共ですか……」

才蔵は眉をひそめた。

「うむ。あれから出逢《であ》った浪人はいないかな」

「いませんよ」

「いないか……」

「ええ。ですが、出入りをしていた浪人の中に、浅草今戸《あさくさいまど》の賭場《とば》で見掛けた覚えのある野郎がいましたよ」

才蔵は、薄笑いを浮かべた。

「よし。才蔵、今夜は久し振りに賽子《さいころ》遊びと決め込むか……」

喬四郎は誘った。

「お供しますぜ」

才蔵は、嬉《うれ》しげに笑った。


浅草今戸町は、浅草広小路から隅田川沿いを進み、花川戸《はなかわど》町、山之宿《やまのしゆく》町、金龍山《きんりゆうざん》下瓦町《したかわらまち》を過ぎ、山谷《さんや》堀に架かっている今戸橋を渡った処から続いている。

麻生源之助の家に出入りしていた浪人の一人は、その今戸町の賭場に出入りをしているのだ。

夕暮れ時、隅田川を行き交う船は船行燈《ふなあんどん》に火を灯《とも》し始めた。

喬四郎は浪人に姿を変え、浅草広小路を金龍山浅草寺《せんそうじ》の雷門《かみなりもん》に進んだ。

やはり浪人姿の才蔵が雷門の陰から現れ、喬四郎に並んだ。

「いたか……」

喬四郎は、歩みを止めずに尋ねた。

「今戸は厳安寺《げんあんじ》って寺の坊主が色惚《ぼ》け、酒惚けで、博奕打《ばくち》ちの貸元金龍山の万蔵《まんぞう》に家作を貸していましてね」

才蔵は、浅草に先に来て博奕打ちから訊き出していた。

「そこの賭場に出入りしているのか……」

「おそらく……」

才蔵は頷いた。

喬四郎と才蔵は、花川戸町の道に曲がって隅田川沿いを北に進んだ。

「その浪人、名前は……」

「世耕甚太郎《せこうじんたろう》とか……」

才蔵は告げた。

「よし……」

喬四郎は、明かりの灯された通りを進んで山谷堀に架かる今戸橋を渡った。

浅草今戸町だ。

浅草今戸町厳安寺の庫裏は暗かった。

喬四郎と才蔵は、厳安寺の裏手に廻った。

提灯《ちょうちん》を手にした三下《さんした》が、裏木戸の陰から出て来た。

博奕打ちの貸元金龍山の万蔵一家の三下だ。

「やあ、世耕甚太郎、来ているかな……」

才蔵は、裏庭の家作を示した。

「いえ。世耕の旦那は、未《ま》だ来ちゃあいませんぜ」

三下は、首を横に振った。

「そうか。じゃあ、遊びながら待つか……」

才蔵は、喬四郎に訊いた。

「ああ……」

喬四郎は頷いた。


賭場は客の熱気に満ちていた。

才蔵は、盆茣蓙《ぼんござ》を囲む客たちの中に浪人の世耕甚太郎がいないのを見定めた。

「やはり、未だ来ていないか……」

「ええ。じゃあ、ちょいと……」

才蔵は、楽しげに貸元の許《もと》に行った。

喬四郎は、次の間に仕度された酒の傍に座った。そして、湯呑茶碗《ゆのみぢゃわん》に酒を注いで飲み始めた。

四半刻《しはんとき》が過ぎた。

大店の旦那、小旗本、遊び人、職人、浪人、博奕打ち……。

様々な客が出入りした。

喬四郎は、酒を飲みながら見守った。

才蔵が、盆茣蓙の傍からやって来た。

「どうだ……」

「楽しませて貰《もら》っていますぜ」

才蔵は、大勝ちも大負けもせず、いつでも帰れるように程々に勝っていた。

「そいつは何より……」

喬四郎は苦笑した。

「で、あの盆茣蓙の端にいる浪人、世耕甚太郎ですぜ」

才蔵は、湯呑茶碗に酒を注ぎ、盆茣蓙の端に座って駒を張っている背の低い小肥《こぶと》りの浪人を示した。

「世耕甚太郎か……」

喬四郎は、小さな笑みを浮かべた。

「いつ来たのか。で、どうします」

才蔵は、喬四郎の出方を訊いた。

「近付く……」

喬四郎は、湯呑茶碗の酒を飲み干した。

賭場に満ちた熱気は溢《あふ》れ、微《かす》かな殺気が漂い始めた。


世耕甚太郎は、勝ち負けを繰り返し、徐々に調子が良くなっていった。

喬四郎は、賑《にぎ》やかに駒を張る世耕を見守った。

へらへらと揉《も》み手をし、上役に取り入ろうとするお調子者であり、出世をすると背の低いのを気にして爪先《つまさき》で歩く男……。

喬四郎は、世耕甚太郎の人柄を読んだ。

世耕は勝ち続けた。

漸《ようや》く良運が巡って来たのか、調子良く賑やかに勝ち続けた。

胴元の座に肥った身体を据えている金龍山の万蔵は、細い眼で賑やかに勝ち続ける世耕を見詰めていた。

世耕は勝ち過ぎ、はしゃぎ過ぎだ……。

喬四郎は苦笑した。

刻が過ぎた。

世耕は勝ち続け、漸く盆茣蓙を離れた。

万蔵は、配下の博奕打ちに何事かを囁《ささや》いた。

既に盆茣蓙を離れていた喬四郎は、一足先に賭場を出た。

喬四郎が厳安寺の裏門を出て、木立の陰に入った。

続いて四人の博奕打ちが現れ、浅草広小路に立ち去った。

喬四郎は眉をひそめた。

才蔵が出て来た。

「世耕の奴、二十両程勝ったようですぜ」

才蔵は苦笑した。

「二十両か……」

「ええ。世耕甚太郎、かなり運の良い、お調子者ですよ」

才蔵は嘲笑《あざわら》った。

世耕甚太郎が裏木戸から出て来て、鼻歌混じりに浅草広小路に向かった。

「よし……」

喬四郎は、世耕を追って木陰を出た。

才蔵が続いた。


世耕甚太郎は、鼻歌混じりで浅草広小路に進んでいた。

喬四郎と才蔵は追った。

「じゃあ、今戸橋を渡った処で、俺が辻強盗に化けて世耕を痛め付けます。そこに……」

才蔵は、芝居の段取りを告げた。

「才蔵、狂言を打つには及ばないようだ」

喬四郎は遮った。

「えっ……」

才蔵は、戸惑いを浮かべた。

「さっき、博奕打ちが四人。出て行ったよ」

喬四郎は苦笑した。

「余りの調子の良さに、はしゃぎ過ぎたか……」

才蔵は眉をひそめた。

「ああ。勝ち過ぎた後のはしゃぎ過ぎ、貸元の金龍山の万蔵の不興を買ったようだ」

喬四郎は読んだ。


世耕甚太郎は、山谷堀に架かっている今戸橋を渡った。

二人の博奕打ちが、行く手を塞《ふさ》いだ。

世耕は、二人の横手を通り過ぎようとした。

二人の博奕打ちは移動し、世耕の邪魔をした。

「なんだ、お前たちは……」

世耕は、浪人でも武士は武士と、厳しい面持ちで爪先立ちをして威嚇した。

「出しな。稼いだ金……」

博奕打ちは、嘲《あざけ》りを浮かべた。

「えっ……」

世耕は、思わず己の懐を押さえた。

「さっさと出すんだぜ」

二人の博奕打ちは、世耕に迫った。

世耕は後退《あとずさ》りし、身を翻して逃げようとした。

だが、背後にも二人の博奕打ちがいた。

世耕は、四人の博奕打ちに前後を取り囲まれた。

「金、大人しく出さなけりゃあ、簀巻《すま》きにして大川に放り込むぜ」

四人の博奕打ちは、世耕に迫った。

「寄るな。大人しく金を出しても、簀巻にする気だろう。寄ると、斬るぞ」

世耕は刀を抜いた。

だが、背後にいた博奕打ちが、世耕を素早く羽交い締めにした。

「離せ、離せ……」

世耕は、爪先を浮かして抗《あらが》った。

しかし、博奕打ちたちが世耕を押さえ付け、刀を奪って山谷堀に投げ込んだ。そして、世耕の懐の金を奪った。

「か、金、俺の金……」

世耕は焦った。

博奕打ちたちは、世耕を殴り、蹴《け》った。

世耕は悲鳴をあげ、頭を抱えて転げ廻《まわ》った。

潮時だ……。

喬四郎は、世耕を蹴飛ばしていた博奕打ちを捕まえ、山谷堀に投げ込んだ。

博奕打ちは、悲鳴と水飛沫《みずしぶき》をあげた。

「大丈夫か……」

喬四郎は、頭を抱えて蹲《うずくま》っている世耕を助け起こした。

「か、忝《かたじけな》い……」

世耕は髷《まげ》を乱し、血と土で顔を汚して礼を述べた。

「野郎……」

三人の博奕打ちが、長脇差や匕首《あいくち》を翳《かざ》して喬四郎に襲い掛かった。

喬四郎は、三人の博奕打ちを次々に山谷堀に叩《たた》き込んだ。

水飛沫は月明かりに煌《きら》めいた。


浅草花川戸町の居酒屋は賑《にぎ》わっていた。

喬四郎は、顔を洗った世耕甚太郎を連れて居酒屋の暖簾《のれん》を潜った。そして、店の親父に酒を頼んで座敷にあがり、衝立《ついたて》の陰に座った。

「そうか。奴ら、おぬしから奪った金を持っていたのか……」

喬四郎は眉をひそめた。

「う、うむ……」

世耕は、力なく頷いた。

「お待たせ……」

店の親父が酒を持って来た。

才蔵が親父に酒を頼み、衝立を挟んだ隣に座った。

喬四郎は、僅《わず》かに頷いて徳利《とっくり》を手にした。

「ならば、金を取り戻してから山谷堀に放り込むのだった。知らぬ事とは云え、済まなかったな」

喬四郎は世耕に酒を注いでやり、手酌で己の猪口を満たした。

「忝い……」

世耕は酒を飲んだ。

「美味《うま》い。ま、こうして酒を飲めるのも簀巻にされなかったからだ。本当に助かった。此《こ》の通り、礼を申します」

世耕は、喬四郎に頭を下げた。

「うむ。俺は沢《さわ》喬四郎だ。おぬしは……」

喬四郎は、偽名を告げて世耕に酌をした。

「私は世耕甚太郎……」

「そうか、世耕甚太郎さんか。処で世耕さん、奪われた金、どうするつもりだったのだ」

「それなのだが沢さん……」

世耕は、辺りを窺《うかが》って身を乗り出した。

「何です……」

喬四郎は眉をひそめた。

「此処だけの話だが、近々上様お声掛かりで新しい大名家が出来るそうでしてね」

世耕は囁いた。

「上様お声掛かりで新しい大名家……」

喬四郎は戸惑った。

吉宗は、新たな大名旗本家は立てないと断言した。

「ええ。それで今、家臣を集めているんです」

世耕は、嬉しげに告げた。

「その家臣になる為の金だったのか……」

「うむ。二十五両を持参すれば、御役目の組頭になれるそうでしてね」

世耕は、秘密を告げるように囁いた。

「ならば、持参した金の額で扶持米が決まるのか……」

喬四郎は読んだ。

「如何《いか》にも、家臣になるには十両。五十両以上だと重臣にもなれるって話です」

世耕は嬉しげに笑った。

「世耕さん、その新しく出来る大名家の名は分かるか……」

「そいつは未だ秘密だそうでしてな。私も知らないのです」

「そうか、大名家の家臣か、なれると良いな」

喬四郎は、羨《うらや》ましさを浮かべて見せた。

「沢さん、おぬしも一口乗ってみますか……」

世耕は尋ねた。

「何、俺も良いのか……」

喬四郎は笑みを浮かべた。

「ああ。もし、おぬしがその気なら、秘《ひそ》かに新しい大名家の家臣集めをしている石《いし》原兵庫《はらひょうご》どのに引き合わせますぞ」

世耕は誘った。

「石原兵庫……」

喬四郎は、世耕甚太郎の背後に潜む者を知った。

「左様。我ら浪人を選んでいる方です。沢さんは腕も立つし、喜ばれる筈《はず》です」

「そいつはありがたいが、俺は何十両もの金はないよ」

喬四郎は苦笑した。

「そこは沢さん、作るのですよ」

世耕は、狡猾《こうかつ》さを過《よ》ぎらせた。

「作る……」

喬四郎は戸惑い、聞き返した。

「ええ。私は剣術の方は御存知のようにからっきし、才は博奕にありましてね。だから博奕で稼ぐつもりですが、殆《ほとん》どの者は刀を使って稼いでいるようですよ」

「刀を使って……」

喬四郎は眉をひそめた。

「ええ。お店の用心棒や御隠居の夜釣りや遊山のお供なんかでね……」

世耕は、薄笑いを浮かべた。

刀を使っての稼ぎには、用心棒やお供の他に押込みや辻強盗もあるのだ。

今、江戸の巷《ちまた》で起きている浪人の押込みや辻強盗は、やはり新しい大名家の家臣集めと拘《かかわ》りがあるのかもしれない。

見定める……。

「そうか。そう云う手立てで金を稼ぐか……」

喬四郎は頷いた。

「ええ……」

「ならば世耕さん、俺をその石原兵庫どのに引き合わせてはくれないか……」

喬四郎は頼んだ。

「そうですか、逢ってみますか……」

「うむ。俺も浪人暮らしが長くてな。出来るものなら大名家に仕官し、扶持米を貰い、安穏な暮らしをしたいものだ」

喬四郎は、手酌で酒を飲んだ。

「よし。ならば沢さん、明日にでも石原どのに繫《つな》ぎを取ってみますよ」

「そうか、世耕さん、宜《よろ》しく頼む……」

喬四郎は、世耕甚太郎に頭を下げた。

「うむ。お任せ下さい」

世耕は、偉そうに天井を向いて頷いた。

喬四郎は苦笑した。

二

夜の浅草広小路は、昼間の賑わいとは違って閑散としていた。

喬四郎は、世耕甚太郎と花川戸町の居酒屋を出て広小路で別れた。

世耕は、酔った足取りで蔵前《くらまえ》の通りを神田川に向かった。

喬四郎は見送った。

背後に才蔵が現れた。

「話はざっと聞きましたよ」

才蔵は、居酒屋で喬四郎と世耕甚太郎の衝立を挟んだ隣に陣取り、出来るだけ一人の話を盗み聞きした。

「うむ。塒《ねぐら》を突き止めてくれ」

「心得た……」

才蔵は、蔵前の通りを行く世耕を追った。

喬四郎は見送った。

浪人たちは、大名家仕官に必要な金を手立てを選ばず稼ごうとしている。それは、扶持米を金で買う所業とも云える。

喬四郎は読んだ。

新しい大名家とは何なのだ……。

そして、有り得る筈もない上様お声掛かりだと云うのは何故なのだ……。

話を大きくして、信憑性《しんぴょうせい》を持たせる為なのかもしれない。

そして、浪人たちに金を持参させて騙《だま》し取る……。

喬四郎は、岳父左内の言葉を思い出した。

今度の大名家の仕官話が、左内の云った騙《かた》りと同じだとは未だ云えない。だが、大名家の仕官話が嘘偽りなら、金目当ての騙りだと云えるのだ。

もし、そうだとしたら何者が仕組んだ騙りの企てなのだ。

上様お声掛かりの新しい大名家を餌にしての騙りは、その辺の小悪党に企てる事の出来るものではない。

石原兵庫とは何者だ……。

喬四郎は、想いを巡らせた。

夜廻《よまわ》りの木戸番の打つ拍子木の音が、夜空に甲高く響いた。

世耕甚太郎は、蔵前の通りから元旅籠町《もとはたごちょう》一丁目の角を曲がり、新堀川《しんぼりがわ》を渡って元《もと》鳥越町《とりごえちょう》に進んだ。

才蔵は追った。

世耕は、辺りを警戒する様子も見せずに進んだ。

剣に才がないのは確かだ。そして、本人が云う程、博奕に才がある訳でもない。

厳安寺の賭場で勝ったのは、偶々《たまたま》運が良かったからなのだ。

才蔵は、世耕甚太郎の人となりを読んだ。

世耕は、侍以外の生き方が似合っているのかもしれない。

才蔵は苦笑した。

世耕甚太郎は、鳥越明神の裏手にある長屋の木戸を潜った。

才蔵は、一気に距離を詰めて木戸に寄った。
長屋の家々には明かりが灯され、井戸端では世耕が喉《のど》を鳴らして水を飲んでいた。
才蔵は、木戸の陰から見守った。
世耕は濡《ぬ》れた口元を拭《ぬぐ》い、長屋の奥の暗い家に入って行った。
才蔵は見届けた。
世耕の入った奥の家に明かりが灯された。
一人暮らし……。
才蔵は見定めた。
明かりは直ぐに消えた。
今夜はもう動かない……。
才蔵は見定め、喬四郎の許に急いだ。

浅草鳥越明神裏の明神長屋は、夜明けと共に動き出す。
おかみさんたちは朝餉《あさげ》の仕度をし、仕事に行く亭主たちが顔を洗う。
職人、人足、お店者《たなもの》……。
亭主たちは、女房子供に見送られて仕事に出掛けて行く。見送った女房子供は、朝飯を食べて掃除をし、井戸端で賑やかに洗濯を始める。

喬四郎は、才蔵から報《しら》せを受け、夜明け前から明神長屋の木戸の陰に潜んだ。

おそらく世耕甚太郎は、昼近くに動き出すのだろう。

喬四郎は睨《にら》んだ。

おかみさんたちの賑やかな洗濯が終わり、明神長屋に静けさが訪れた。

一軒の家から、若いおかみさんが幼い娘と出て来て井戸端で洗い物を始めた。

世耕が、背伸びをしながら家から出て来た。

「あ、おはようございます」

若いおかみさんは、世耕に気が付いて挨拶《あいさつ》をした。

「やあ、おきよさん、おかよちゃん……」

世耕は、若いおかみさんのおきよと幼い娘のおかよに笑い掛け、顔を洗い始めた。

喬四郎は見守った。

「今日は此《これ》からですか……」

おきよは、世耕に尋ねた。

「うむ。おきよさんは……」

「私は、此からおかよを連れて出来た飾り結びを丸菱屋《まるびし》さんに納めに行きます」

丸菱屋は呉服屋であり、浅草御門を渡った先の日本橋馬喰町《ばくろ》三丁目にあった。

おきよは二年前に亭主を病で亡くし、几帳《きちょう》、御簾《みす》、厨子《ずし》、硯箱《すずり》、手箱、経典、茶之湯の道具、羽織の紐《ひも》や被布《ひふ》飾りなどに使われる飾り結びを作り、五歳になるおかよを一人で育てていた。

「呉服屋の丸菱屋なら浅草御門迄《まで》一緒に行こうか……」

世耕は笑い掛けた。

「わあ。一緒に行こう……」

おかよは喜んだ。

「うん……」

世耕は笑った。

四半刻後、世耕はおきよとおかよ母子と明神長屋から出掛けた。

喬四郎は、木戸を出て世耕と風呂敷《ふろしき》包みを抱えたおきよたちを尾行《つけ》た。

蔵前の通りには、多くの人が行き交っていた。

幼いおかよは、母親のおきよと世耕甚太郎の間に入って両手を繋ぎ、数歩行っては飛び跳ねていた。

「そうれ……」

世耕とおきよは、おかよの飛び跳ねるのに合わせて両手を引き上げた。

おかよは、宙にあがって楽しげな笑い声をあげた。

まるで親子だ……。

喬四郎は、楽しげに行く世耕とおきよおかよ母子がそう見えた。

世耕は、おきよに惚《ほ》れているのか……。

それより、おきよおかよ母子と家族になりたいのかもしれない……。

何れにしろ、世耕には昨夜のようなお調子者の様子はなかった。

どちらが本当の世耕甚太郎なのか……。

喬四郎は苦笑した。

世耕とおきよおかよ母子は、神田川に架かっている浅草御門を渡った。


おきよとおかよ母子は、浅草御門を出てそのまま日本橋馬喰町の呉服屋『丸菱屋』に向かった。

「じゃあ、気を付けてな……」

「はい。じゃあ……」

おきよは、おかよの手を引いて馬喰町に進んだ。
おかよは、振り返って世耕に小さな手を振った。
世耕は手を振り、笑顔で見送った。
おきよとおかよは、行き交う人々の間に消えて行った。
世耕は、神田川沿いの柳原通りを西に進んだ。
喬四郎は尾行た。
「何処に行くんですかね」
才蔵が現れ、喬四郎に並んだ。
神田川に架かる新シ橋《あたらしばし》の南詰、豊島《としま》町の片隅に黒板塀に囲まれた仕舞屋《しもたや》があった。
世耕甚太郎は、仕舞屋を囲む黒板塀の木戸門を潜った。
喬四郎と才蔵は見届けた。
此処に新しい大名家仕官の口利きをしている石原兵庫なる者がいるのか……。
喬四郎と才蔵は、仕舞屋を取り囲んでいる黒板塀の周りを廻った。
仕舞屋は大きく、かつては料理屋だったのかもしれない。
「よし。忍び込んでみる……」

喬四郎は告げた。

「承知……」

才蔵は頷いた。

喬四郎は、仕舞屋の横手の黒板塀を身軽に乗り越え、忍び込んだ。

仕舞屋の横手に人気はなかった。

喬四郎は、植込み伝いに庭先に進んだ。


母屋の座敷には、世耕と総髪の中年武士の姿が見えた。

喬四郎は、庭先の植込みの陰から母屋に走った。そして、素早く座敷の縁の下に忍んだ。

世耕と総髪の中年武士の声が、頭上の座敷から聞こえた。


「ほう。沢喬四郎か……」

総髪の中年武士は、世耕に聞き返した。

「はい。腕の立つ男でしてな。新しき大名家の役に立つ者になるかと。如何《いかが》ですか石原さま、一度逢ってやっては戴《いただ》けませぬか……」

総髪の中年武士は、新しい大名家仕官の口利きをしている石原兵庫だった。

「それ程の人物ならば云う迄もない。お逢い致そう」

石原は微笑んだ。

「ありがたい……」

世耕は喜んだ。

「それより世耕どの、おぬしの金策は如何なっているのかな」

「そいつが昨夜、二十両程儲《もう》けたのですがね。いろいろ不都合があって……」

世耕は、悔しげに告げた。

「そいつは気の毒に……」

石原は、微かな嘲りを過ぎらせた。

「はい。ですが、今は運が向いていましてな。金はもう直、出来る筈です」

世耕は、自信ありげに笑った。

「ならば良いが……」

「では石原さま。沢喬四郎どのを連れて近々又お邪魔します。献上金はその時に必ず……」

世耕は、未練げに告げて石原兵庫の許を辞した。

喬四郎は、座敷の縁の下を出て仕舞屋の横手に走り、黒板塀を跳び越えた。

喬四郎は、黒板塀に囲まれた仕舞屋の木戸門の前に戻った。

「どうでした……」

才蔵が現れた。

「石原兵庫がいた」

「石原兵庫が……」

才蔵は眉をひそめた。

「総髪の中年男だ」

喬四郎は告げた。

世耕が木戸門から出て来た。

「俺が追う。石原兵庫の素性を頼む」

「承知……」

才蔵は頷いた。

喬四郎は、世耕を追った。

神田川の流れは煌めいていた。

世耕甚太郎は、神田川沿いの柳原通りを神田八ッ小路《やこうじ》に向かった。

喬四郎は追った。

世耕は進み、和泉橋の南詰を抜けて柳森稲荷《やなぎもり》に差し掛かった。

柳森稲荷の前には古着屋や骨董屋《こっとう》などの露店が並び、端に葦簀張《よしずば》りの安酒屋がある。

世耕は、柳森稲荷に曲がろうとした。

刹那《せつな》、男たちの怒号があがり、参拝客や古着屋の客が血相を変えて逃げ出して来た。

世耕は驚き、立ち止まった。

どうした……。

喬四郎は、柳森稲荷に走った。

柳森稲荷の前の葦簀張りの安酒屋では、二人の浪人が町奉行所同心や捕り方たちに取り囲まれ、必死に闘っていた。

「どうしたのだ……」

喬四郎は、隣で恐ろしげに見ている職人に尋ねた。

「五日前の辻強盗だそうですぜ」

職人は囁いた。

「辻強盗……」

喬四郎は、同心や岡っ引、大勢の捕り方たちと必死に闘う二人の浪人を見守った。

二人の浪人は、捕り方たちに囲まれ、袖搦《そでがらみ》で引き倒され、刺股《さすまた》で押さえ付けられ、寄棒《よりぼう》で滅多《めった》打ちにされていた。

命を懸けた仕事だ。

下手な情けは命取り、同心や捕り方たちに容赦はない。

二人の浪人は、引き裂かれた着物を血に染めて倒れた。

捕り方たちは、倒れた二人の浪人に殺到して殴り蹴り、縛りあげて引き立てた。

二人の浪人は血塗《ちまみ》れになり、よろめきながら進んだ。

「退《ど》け、退け……」

同心は、恐ろしげに見守っている野次馬たちに怒鳴った。

「世耕、助けてくれ、世耕……」

引き立てられる浪人の一人が、野次馬の中の世耕に気付いて助けを求めた。

世耕は狼狽《うろた》えた。

喬四郎は眉をひそめた。

「世耕……」

浪人は、世耕に向かって悲痛に叫んだ。

同心と捕り方たちは、助けを求めた浪人の視線を追った。

世耕は、思わず逃げた。

「辻強盗の仲間だ。追え」

同心と岡っ引たちは、世耕を追った。


世耕は逃げた。

辻強盗の仲間ではないが、捕えられた二人の浪人とは親しく付き合っている間柄だ。

捕えられたら、辻強盗の仲間として仕置されるのに決まっている。

世耕は焦り、足を縺《もつ》れさせながら逃げた。

「待て……」

同心と岡っ引たちは、猛然と世耕を追った。

世耕は転んだ。

同心と岡っ引たちは、転んだ世耕に殺到した。

刹那、塗笠《ぬりがさ》を目深に被《かぶ》った喬四郎が現れ、岡っ引たちを蹴散らし、同心を投げ飛ばした。

同心は、地面に叩き付けられて土埃《つちぼこり》を舞いあげた。

「世耕……」

喬四郎は、転んだ世耕を引き摺《ず》り起こした。

「お、おぬしは……」

世耕は、喬四郎を見て顔を輝かせた。

「良いから早く……」

喬四郎は、世耕を連れて連なる家並みの路地に逃げた。

「追え、追え……」

同心は怒鳴り、岡っ引たちが追った。


黒板塀に囲まれた仕舞屋には、浪人が出入りしていた。

才蔵は見張り続けた。

石原兵庫は、妖刀村正に絡んだ一件で死んだ浪人の麻生源之助と同じような事をしているのか……。

才蔵は、豊島町の木戸番に金を握らせ、石原兵庫について聞き込んだ。

石原兵庫は、一年前から茂平《もへい》と云う老下男を雇って仕舞屋に住んでおり、その素性は相州《そうしゅう》浪人としか分からなかった。

「それで、毎日何をしているのかな……」

「そいつが良く分からないんですよ。浪人の癖に働いている様子もなく、毎日家にいますしね」

「あの仕舞屋は、石原の持ち物なのかな」

「いいえ。確か何処かのお寺の持ち物だと聞いていますよ」

「寺の持ち物……」

才蔵は眉をひそめた。

「ええ。何でも檀家《だんか》だった天涯孤独の御隠居が寺に寄進したとか……」

「その寺、何処の寺かな……」

「さあ。そこ迄は……」

木戸番は首を捻《ひね》った。

「じゃあ、石原は仕舞屋を寺から借りているのか……」

「だと思いますよ」

「ならば、働きもせずに家賃をどうやって払っているのかな」

「そいつが分からないんですよ」

木戸番は首を捻った。

「分からないか……」

「ええ。身形《みなり》もそれなりの物だし、米屋や酒屋にも借りはないそうでしてね。元々金持ちなのか、それとも何処かの御大尽が付いているのかもしれませんね」

「何処かの御大尽か……」

石原兵庫の背後には、確かに何者かが潜んでいるのだ。

必ず突き止めてやる……。

才蔵は、黒板塀に囲まれた仕舞屋を眺めた。

お玉《たま》ヶ池《いけ》に木洩《こも》れ日《び》が煌めいた。

世耕甚太郎は、池で顔を洗って大きく息を吐いた。

「大丈夫か……」

喬四郎は苦笑した。

「ああ……」

世耕は大きく頷いた。

喬四郎は、世耕を連れて裏通りや路地を走り、同心や岡っ引を振り切って玉池稲荷に逃げ込んだ。

「沢さんに又、助けられた。忝い……」

世耕は、喬四郎に頭を下げた。

「いや。偶々、柳森稲荷の騒ぎを見ていたら、おぬしが同心や岡っ引に追われたので驚いた。捕えられた浪人共は、知り合いなのか……」

喬四郎は尋ねた。

「うん。浪人仲間だよ」

「辻強盗を働いたようだが、新しい大名家に仕官する為の金を仕度する為か……」

喬四郎は眉をひそめた。

「きっとな……」

世耕は、哀しげに頷いた。

「そうか……」

頻発する浪人による押込みや辻強盗は、やはり新しい大名家への仕官に使う金を作る為の凶行なのだ。

喬四郎は見定めた。

風が吹き抜け、お玉ヶ池に煌めく木洩れ日は乱れた。

三

世耕甚太郎には、押込みや辻強盗を働く腕や度胸はない。あるのは、博奕に才があると云う思い込みだけだ。

「で、世耕さん、どうやって金を作るのだ」

喬四郎は訊いた。

「賭場で稼ぐだけだよ」

世耕は笑った。

「出来るかな……」

喬四郎は首を捻った。

「心配無用。昨夜も二十両、勝ったのだから今夜も勝てる。いや、勝たねばならないのです。うん……」

世耕は、己に云い聞かせるように告げた。

「世耕さん、おぬしが仕官を望むのには、何か訳がありそうだな」

喬四郎は、世耕を見据えた。

「沢さん、私はある女とその幼い娘に良い思いをさせてやりたくてな」

世耕は、恥ずかしそうに俯《うつむ》いた。

「ほう。ある女と幼い娘に良い思いをさせてやりたいのか……」

ある女は、明神長屋に住んでいるおきよであり、幼い娘はおかよなのだ。

喬四郎は、直ぐに気付いた。

「うん。亭主を病で亡くし、女手一つで苦労して子供を育てて来ていてね。新しい大名家に仕官して、その女と幼い娘を引き取り、安穏な暮らしをさせてやりたいのだ」

世耕は吐息を洩らした。

おきよに惚れている……。

世耕は、惚れたおきよとおかよ母子を幸せにしてやりたくて仕官を願っているのだ。

喬四郎は知った。

「で、今夜も賭場に行くのか……」

「勿論《もちろん》だ」

「だが、昨夜の今戸の賭場はあるまい」

喬四郎は眉をひそめた。

「大丈夫だ。今夜は本所《ほんじょ》の賭場に行く。沢さんも一緒にどうです」

世耕は、喬四郎を誘った。

「ああ。付き合うよ」

喬四郎は笑った。

豊島町の黒板塀に囲まれた仕舞屋は、訪れる浪人も途絶えて静寂に覆われていた。

才蔵は、見張り続けた。

黒板塀の木戸門が開き、総髪の中年武士が出て来た。

石原兵庫だ……。

才蔵は、総髪の中年武士が石原兵庫だと見定めた。

石原兵庫は、柳原通りに向かった。

才蔵は尾行た。
柳原通りに出た石原兵庫は、両国広小路《りょうごく》に向かった。
両国広小路には見世物小屋や露店が連なり、見物客などで賑わっていた。
石原兵庫は雑踏を進み、筵《むしろ》掛けの茶店に入った。
才蔵は見守った。
石原は、茶店の縁台に腰掛けて店の亭主に茶を頼んだ。
黒板塀に囲まれた仕舞屋のある豊島町と両国広小路は遠くはない、寧《むし》ろ近いと云える。
そこからわざわざ飲みに来る程、筵掛けの茶店の茶は美味い筈はない。
来たのは誰かに逢う為だ……。
才蔵は読み、石原が誰と逢うのか見定めようとした。
石原は、運ばれて来た茶を飲み始めた。
才蔵は見守った。
石原は、茶を飲んだ。
その時、湯呑茶碗で隠れた口元が動いた。

湯呑茶碗で口元を隠して何事かを話している……。
才蔵は気が付いた。
話をしている相手は誰なのだ……。
才蔵は、薄暗い茶店の中を窺った。
石原の後ろの縁台に修験者が腰掛け、茶を飲んでいた。
話している相手は、後ろの縁台に座っている修験者なのだ。
才蔵は見定めた。
石原は、修験者と秘かに繋ぎを取る為に両国広小路の莚掛けの茶店に来た。
修験者とは山岳信仰の修験道の修行者を云い、山伏《やまぶし》とも呼ばれた。
修験者は何者なのだ……。
新しい大名家を立てる一件には、修験者が絡んでいるのか……。
才蔵は、戸惑いを覚えた。
やがて、繋ぎを終えたのか、石原は茶店を出た。
どうする……。
石原を追うか、修験者を尾行るか……。
才蔵は迷った。

修験者が笈《おい》を背負い、茶店の奥から金剛杖《こんごうづえ》をつきながら出て来た。

修験者を追う……。

才蔵は決めた。

修験者は、金剛杖をつきながら雑踏を進んだ。

才蔵は追った。

修験者は、雑踏を出て米沢町《よねざわ》の通りに向かった。その足取りは乱れる事もなく、時々振り返った。

油断のならぬ修験者……。

才蔵は、微かな緊張を過ぎらせた。

本当に修験者なのか……。

才蔵に疑念が湧いた。

修験者は、米沢町を抜けて浜町《はまちょう》堀に向かった。

陽は大きく西に傾いた。

隅田川の流れに月影が揺れた。

喬四郎は、世耕甚太郎と共に隅田川に架かっている吾妻《あづま》橋を渡り、本所に入った。

吾妻橋の東詰には、肥後国熊本新田藩《ひごのくにくまもとしんでん》と出羽国秋田藩《でわのくにあきた》の江戸下屋敷があった。

世耕は、熊本新田藩と秋田藩の江戸下屋敷門前を通り、隅田川に流れ込む源森川《げんもり》沿いの道を進んだ。そして、中之郷瓦町《なかのごうかわら》の抜けて横川《よこ》に出た。

横川は、源森川と本所竪川《たて》を南北に結んでいる。

世耕と喬四郎は、横川に架かっている業平橋《なりひら》に進んだ。

業平橋の袂《たもと》には、信濃国松川《しなののくにまつかわ》藩江戸下屋敷があった。

世耕は立ち止まった。

「此処か……」

喬四郎は、眉をひそめて松川藩江戸下屋敷を眺めた。

「ああ……」

世耕は頷き、松川藩江戸下屋敷の裏手に廻った。

松川藩江戸下屋敷の裏門は閉じられていた。

世耕は、裏門の扉を小さく叩いた。

覗き窓が開き、若い男が覗《のぞ》いた。

「やあ……」

世耕は、覗き窓の向こうの若い男に笑って見せた。

裏門が開いた。

世耕は、裏門から松川藩江戸下屋敷に入った。

喬四郎は続いた。


賭場は、松川藩江戸下屋敷の中間長屋だった。

大名家下屋敷は別荘的な役割であり、留守番の家来も少なかった。

中間長屋の一室では、様々な客が盆茣蓙を囲んで丁半博奕に熱中していた。

貸元の座には、小柄な初老の男が穏やかな面持ちで客を見守っていた。

「何処の貸元だ」

「本所の寅五郎《とらごろう》。下屋敷の留守番頭に寺銭《てらせん》を払っている」

「下屋敷の家来たちの小遣稼ぎか……」

喬四郎は読んだ。

「ええ……」

世耕は頷いた。

寺は寺社奉行、大名家は大目付が支配であり、町奉行所の支配違いで取締りは出来ない。

博奕打ちたちは、それを良い事に寺や武家屋敷に賭場を開帳していた。

世耕と喬四郎は、僅かな金を駒札に換えて盆茣蓙の客に連なった。


夜の日本橋川には、櫓《ろ》の軋《きし》みが響いていた。

才蔵は、東堀留川《ひがしほりどめ》が日本橋川に続く処に架かっている思案《しあん》橋の袂に佇み、小網《こあみ》町二丁目の角にある長屋の木戸の陰にいる修験者を見張った。

修験者は、長屋の一軒の家を訪れた。だが、家は暗く、住んでいる者は留守だった。

修験者は、住んでいる者が帰るのを待つと決め、長屋の木戸の陰に潜んだのだ。

半刻が過ぎた。

才蔵は、思案橋を渡って来る人影に気が付いた。

人影は浪人だった。

浪人は、酔った足取りで思案橋を渡り、長屋の木戸に向かった。

長屋の木戸の陰から修験者が現れ、浪人の前に佇《たたず》んだ。

「な、何だ、お前は……」

浪人は、僅かに怯《ひる》んだ。

「上州《じょうしゅう》浪人の北村伝内《きたむらでんない》どのか……」

修験者は訊いた。

「い、如何にも、北村伝内だが……」

北村伝内と名乗った浪人は、修験者に怪訝《けげん》な眼を向けた。

刹那、修験者は、金剛杖に仕込んだ刀を抜き打ちに一閃《いっせん》した。

北村伝内は、胸元を斬られて大きく仰け反り倒れた。

才蔵は、咄嗟《とっさ》に石を投げて地を蹴った。

修験者は飛来した石を躱《かわ》し、踠《もが》く北村伝内に二の太刀を浴びせて身を翻した。

才蔵は、修験者を追い掛けようとした。

北村伝内は呻《うめ》き、苦しく踠いた。

「しっかりしろ……」

才蔵は、修験者を追うのを止め、北村伝内を抱き起こした。

「や、やっと仕官が……」

北村は、死相を浮かべて苦しく喉を引き攣《つ》らせた。

「仕官。仕官がどうした……」

才蔵は聞き返した。

「か、叶《かな》うのに……」

北村は、喉を笛のように鳴らして絶命した。

才蔵は見届けた。

「やっと、仕官が叶うのに……」

浪人北村伝内は、そう云い残して死んだ。

石原兵庫に仕官を頼んだのか……。

仕官が叶うとは、北村伝内は石原に金を渡したのか……。

才蔵は思いを巡らせた。

呼び子笛の音が鳴り響いた。

此迄だ……。

才蔵は、思案橋を渡って夜の闇に立ち去った。

松川藩江戸下屋敷の中間長屋の賭場は、客たちの熱気と煙草の煙りに満ちていた。

世耕甚太郎は博奕に興じていた。

運の良さが残っているのか、世耕は博奕に勝ち続けていた。

喬四郎は苦笑した。

世耕は、今戸の賭場で勝ってはしゃぎ過ぎたのを反省し、喜びを懸命に抑えて博奕を打っていた。

そこには、今戸の賭場で勝った二十両の金を奪われた悔しさと無念さがある。

今度こそは……。

世耕は喜びを押し隠し、目立たぬように慎重に駒札を張っていた。

喬四郎は、世耕の必死さを感じた。


半刻が過ぎた。

世耕は、盆茣蓙を離れ、喬四郎のいる酒や茶の用意をしてある処に来た。

「運は未だ未だ残っているようだな……」

喬四郎は苦笑した。

「うん……」

世耕は、酒を湯呑茶碗に注いで飲んだ。

「で、未だやるのか……」

「どう思う……」

世耕は迷っていた。

「幾ら稼いだ……」

「ざっと十三両ぐらいかな」

「ならば、潮時だな」

喬四郎は告げた。

「やっぱり、そう思うか……」

「ああ。三両を遊ばせて貰った礼に残し、稼ぎは十両だけにするんだな」

「十両だけ……」

世耕は眉をひそめた。

「うむ。明日も稼ぎたいのなら、遊びを知っている上客になるのが一番だ。それには金が掛かる」

喬四郎は笑った。

「成る程。金をけちって食い詰め浪人と蔑《さげす》まれるより、金に鷹揚《おうよう》な上客になる方が扱いが良くなり、後々稼ぎ易くなりますか……」

世耕は笑った。

「そう云う事だ」

喬四郎は頷いた。

「よし……」

世耕は、湯呑茶碗の酒を飲み干した。

喬四郎と世耕甚太郎は、松川藩江戸下屋敷の裏門を出た。

世耕は、喬四郎の助言通り三両を遊び代に残し、十両だけを懐に入れた。

貸元の本所の寅五郎は、穏やかな笑みを浮かべ、小柄な身体を屈《かが》めて世耕と喬四郎を見送った。

「この調子で明日も十両勝てば〆《しめ》て二十両。仕官をするのに充分だ」

世耕は、嬉しげに足取りを弾ませた。

「そう上手《うま》く行けば良いがな……」

喬四郎は苦笑した。

隅田川に架かっている吾妻橋は、蒼白《あおじろ》い月明かりを浴びていた。

才蔵は、石原兵庫を見張り、秘かに繋ぎを取った修験者を尾行した顚末《てんまつ》を喬四郎に報せた。

「して、その修験者、北村伝内と申す浪人を斬り殺したのか……」

喬四郎は眉をひそめた。

「ああ。北村伝内、やっと仕官が叶うのにと云い残して死んだ……」

才蔵は告げた。

「やっと仕官が叶うか……」

喬四郎は、北村伝内が仕官を願って石原兵庫に金を渡したのだと読んだ。

「ええ……」

「そして、石原兵庫と秘かに繋ぎを取った修験者か……」

北村伝内は、石原兵庫に金を渡して新しい大名家に仕官する事になった。だが、石原に取って北村は煩《うるさ》い邪魔者になり、修験者に始末するように命じた。

喬四郎は読んだ。

「修験者はおそらく武士。ひょっとしたら忍びかもしれない」

才蔵は、厳しさを過ぎらせた。

「忍び……」

喬四郎は緊張を滲《にじ》ませた。

「ああ……」

才蔵は頷いた。

もし、一件の裏に忍びの者が拘っているとなると、事は新しい大名家を使った騙りだけでは済まないのかもしれない。

「才蔵、石原兵庫を見張り、修験者が現れるのを待つのだ」

喬四郎は命じた。

「心得ました。処で世耕甚太郎はどうです」

才蔵は尋ねた。

「博奕の運は未だあるようだ」

喬四郎は苦笑した。

「へえ、未だありましたか……」

「うむ。仕官が出来るだけの金は稼げそうだ」

「それはそれは……」

才蔵は感心した。

「仕官して惚れたおきよと子供のおかよを引き取り、楽にさせてやりたい一念は、博奕の運も引き留めているようだ」

喬四郎は微笑んだ。

豊島町の黒板塀に囲まれた仕舞屋は、出入りする浪人もいなかった。

石原兵庫は、老下男の茂平の様子から見て仕舞屋にいるのは間違いない。

妙な静けさだ……。

才蔵は見張った。

静けさは、浪人の北村伝内を修験者に始末させた事と拘りがあるのかもしれない。

だとしたら、身を潜めている……。

才蔵は読んだ。


鳥越川《とりごえ》に架かる甚内橋《じんない》の袂に一膳飯屋《いちぜん》はあった。

昼飯時前の店内では、世耕甚太郎が沈んだ面持ちで酒を飲んでいた。

「やっぱり、此処か……」

喬四郎が入って来た。

「良く分かりましたね」

世耕は驚いた。

「長屋の隣の家のおかみさんに訊いたら、此処で朝飯を食べている筈だとな……」

喬四郎は、明神長屋を訪れて来ていた。

「そうですか……」

「飯じゃあなく酒か……」

喬四郎は、戸惑いを浮かべながら座った。

「え、ええ……」

世耕は、手酌で酒を飲んでいた。

落ち込んでいる……。

「どうした、何かあったのか……」

喬四郎は尋ねた。

「沢さん、昨夜、親しくしていた北村と申す友が何者かに斬り殺された……」

世耕は、涙ぐんで酒を飲んだ。

「なに……」

喬四郎は眉をひそめた。

「私と一緒に仕官をしようとしていた奴でね。親類や伝手《つて》を頼って十五両の金を作り、石原さまに納め、後は仕官のお召しを待っていたのに……」

世耕は、鼻水を啜《すす》りながら酒を飲んだ。

「何処で殺されたのだ……」

「小網町の思案橋の袂です」

世耕の友は、修験者に斬り殺された北村伝内に間違いなかった。

「そうか。して、誰に何故、斬り殺されたのかは分かっているのか……」

「役人の話じゃあ、喧嘩《けんか》でもして恨みを買ったのではないかと……」

「喧嘩……」

「沢さん、北村はそんな奴じゃあない。漸く仕官の道も開け、出仕を楽しみにしていたし、張り切ってもいた。それなのに……」

世耕は泣いた。

北村伝内は、十五両の金を石原兵庫に渡していた。

もし、世耕甚太郎が金を渡したらどうなるのだ……。

喬四郎は、泣きながら酒を飲む世耕を見据えた。

四

殺された北村伝内は、世耕甚太郎の親しい友だった。

「ならば、此から北村の弔いに行くのか……」

喬四郎は尋ねた。

「いや。行かぬ……」

世耕は、猪口《ちょこ》の酒を飲み干した。

「行かないのか……」

喬四郎は眉をひそめた。

「うむ。私は本所の寅五郎の賭場に行って金を稼ぎ、石原さまに納める。そして、新しい大名家に仕官し、殺された北村の分迄、望みを叶えてやる……」

世耕は、己に云い聞かせるように告げた。

「そうか、それも良いだろう」

喬四郎は頷いた。


本所の寅五郎の賭場は賑わった。

世耕甚太郎は盆茣蓙に向かって座り、大胆に駒札を張った。

喬四郎は見守った。

世耕は、勝ったり負けたりを繰り返した。

いよいよ運は消えたか……。
喬四郎は眉をひそめた。
世耕は、厳しい面持ちで博奕を続けた。
四半刻が過ぎた。
世耕は勝ち始めた。
運は消えていなかったのか……。
喬四郎は、思わず微笑んだ。
世耕は勝ち続けた。

新しい大名家に仕官する為の金は、充分に稼いだ。
喬四郎は、盆茣蓙の前に座っている世耕を見守った。
運不運は天のなす処……。
いつ運が消えるかは分からない。
潮時か……。
喬四郎は読んだ。
世耕は、落ち着かない風情で喬四郎を振り返った。

潮時に気が付いている……。

喬四郎は、世耕の気持ちを読んで頷いた。

世耕は、安堵《あんど》したように微笑んで盆茣蓙から離れた。

世耕は、博奕で稼いだ十五両の内、五両を本所の寅五郎に差し出し、残りの十両を懐に入れた。

「お前さんのような客は滅多にいねえ。いつでも遊びにおいでなせえ」

貸元の本所の寅五郎は、老顔に穏やかな笑みを浮かべて世耕に告げた。そして、喬四郎に目顔で挨拶をした。

世耕の金策は、運の良さもあって無事に終わりそうだ。

喬四郎は、世耕と共に松川藩江戸下屋敷の賭場を出た。

「都合二十両か……」

「ええ。沢さんのお陰でどうにか集まりましたよ」

世耕は、喬四郎に礼を述べた。

「礼には及ばない。して、石原どのの処にはいつ行くのだ……」

喬四郎は尋ねた。

「明日、金を持って行きます。沢さん、良ければ一緒に行きませんか、石原さまにお引き合わせしますよ」

「そいつはありがたい。私も新しき大名家に仕官を頼むか……」

喬四郎は笑った。

隅田川には船遊びをする船の明かりが幾つも揺れ、三味線の爪弾《つまび》きの音が流れて来ていた。

喬四郎と世耕は、隅田川に架かっている吾妻橋を渡った。

吾妻橋の西詰は、夜の浅草広小路に続いている。

喬四郎と世耕は、吾妻橋を渡って西詰に出た。西詰の袂には、稲荷鮨《いなりずし》屋や団子売りの屋台が明かりを灯していた。

「ちょいと待って下さい……」

世耕は、喬四郎に断りを入れて団子売りの屋台に駆け寄った。

おきよとおかよ母子への土産か……。

喬四郎は読み、微笑んだ。

修験者が近付いて来た。
現れた……。
才蔵は、物陰に忍んでやって来る修験者を眺めた。
修験者は、油断のない足取りでやって来た。
北村伝内を斬った修験者……。
才蔵は見定めた。
修験者は、黒板塀に囲まれた仕舞屋の木戸門の前に立って短く指笛を鳴らした。
才蔵は見守った。
木戸門から老下男の茂平が現れ、修験者に小さく頷いて見せた。
修験者は、茂平に小さく折り畳んだ書状を渡して立ち去った。
茂平は見送った。
修験者は、日本橋の方に向かった。
才蔵は、修験者を追った。
修験者の素性は……。
背後に潜む者はいるのか……。
才蔵は、充分に距離を取って慎重に追った。

仕舞屋を囲む黒板塀の木戸門が開いた。

老下男の茂平が現れた。

「どうぞ……」

「うん。邪魔をする。じゃあ……」

世耕甚太郎は、喬四郎を促して木戸門を潜った。

喬四郎は、素早く辺りを見廻した。

才蔵が潜んでいる気配は窺えなかった。

どうした……。

喬四郎は、気になりながらも世耕に続いた。


石原兵庫は、修験者が秘かに持参した書状を読み終えた。

書状には、浪人集めを中断しろと書き記されていた。

「今更、何を……」

石原は、不服げな笑みを浮かべた。

「旦那さま、世耕さまが……」

茂平が戸口に現れた。

「うむ……」

石原は、書状を小さく折り畳んで袂に入れた。

「お邪魔致します」

世耕甚太郎が、喬四郎を伴って座敷に入って来た。

「やあ。世耕どの。そちらは……」

石原は、喬四郎に笑い掛けた。

疑心と狡猾さの入り混じった笑いだ。

「此方は過日、お話しした沢喬四郎どのでしてな。私同様、新しき大名家に仕官を望んでおります」

世耕は、石原に喬四郎を引き合わせた。

「沢喬四郎にございます。宜しくお願い致します」

喬四郎は頭を下げた。

「そうですか、沢喬四郎どのですか……」

「はい……」

「世耕どのにお聞きだと思うが、新しき大名家に仕官するには金が入り用ですぞ」

石原は、試すように訊いた。

「心得ております」

喬四郎は笑った。

「左様か。ならば良いが……」

石原は頷いた。

「処で石原さま。私、漸く二十両の金を用意出来ました……」

世耕は、袱紗《ふくさ》に包んだ二十両を出した。

「ほう。それはそれは……」

「此で新しき大名家への仕官、宜しくお願い致します」

世耕は、石原に二十両を差し出し、深々と頭を下げた。

「心得ました。此で世耕どのは新しき大名家の家臣ですぞ」

石原は笑った。

「して石原さま、新しき大名家は上様お声掛かりだと聞いておりますが、どちらさまの……」

世耕は尋ねた。

「世耕どの、それは間もなく天下に御披露される。それ迄は拙者の一存で御報せ出来ぬのだ。御容赦下さい」

石原は頭を下げた。

「そうですか。ならば仕方がありません。御披露されるのを楽しみに待ちますか……」

世耕は、喬四郎に同意を求めた。

「うむ……」

喬四郎は頷いた。

「処で石原さま……」

世耕は身を乗り出した。

「未だ、何か……」

「はい。北村伝内が何者かに斬り殺されたのを御存知ですか……」

世耕は尋ねた。

「北村どのが……」

石原は眉をひそめた。

惚《とぼ》けている……。

石原が眉をひそめたのは、おそらく世耕の煩わしさにだ。

喬四郎は睨んだ。

「はい。北村が殺されたのに、何か心当たりはございませんか……」

「心当たり……」

「はい。北村が仕官が叶ったのを羨んでいた者がいたとか……」

世耕は訊いた。

「さあ、心当たりはないな……」

石原は惚けた。

「そうですか……」

世耕は、肩を落とした。

「石原さま、私の聞いた処によれば、北村伝内どのを斬ったのは、修験者だとか……」

喬四郎は告げた。

「修験者……」

世耕は、素《す》っ頓狂《とんきょう》な声をあげた。

石原は、僅かに狼狽えた。

「うむ。修験者が金剛杖に仕込んだ刀で……」

喬四郎は、石原を見詰めて告げた。

「おぬし、何故、それを……」

石原は、緊張した眼で喬四郎を見返した。

喬四郎は笑った。

「噂、噂ですよ」

「噂……」

石原は困惑した。

「そうか。修験者か、おのれ、必ず捜し出し、北村の無念、晴らしてくれる」

世耕は、怒りを露《あら》わにした。

「落ち着け。世耕さん、噂だと申したではないか……」

喬四郎は苦笑した。

東海道南品川《とうかいどうみなみしながわ》には潮の香りが漂い、旅人たちが行き交っていた。

南品川は、既に高輪《たかなわ》の大木戸も過ぎて目黒川も越え、江戸の朱引外となり代官の支配地だ。

修験者は、金剛杖をついて東海道を進んで南品川の寺町に入った。

才蔵は追った。

修験者は、寺町の一角にある大きな寺の山門を潜った。

大きな寺には、『常楽院《じょうらくいん》』と書かれた扁額《へんがく》が掛かっていた。

才蔵は、山門に走って境内を窺った。

長い参道があり、その左右には宿坊《しゅくぼう》が連なり、仁王門《におうもん》があって本堂になる。そして、鐘楼、御霊屋《みたまや》、方丈、庫裏などが広い境内にあり、宿坊が取り囲むようにあった。

修験者は、長い参道を進んで奥に並ぶ宿坊の一軒に入った。

才蔵は見届けた。

常楽院とはどのような寺なのだ。

修験者とどんな拘りなのだ。

忍び込むか……。

才蔵は、夕陽を浴びている大きな寺を見据えた。

結界……。

才蔵の勘が囁いた。

夕陽に照らされた大きな寺には、修験者共の結界が張られている。

才蔵は読んだ。

本堂の大屋根は、不気味な程に赤く輝いていた。

神田明神《かんだみようじん》門前町の盛り場は、酔客と客を引く酌婦で賑わっていた。

喬四郎と世耕甚太郎は、盛り場にある小料理屋で酒を飲んでいた。

世耕は、石原兵庫に金を渡した安堵に包まれ、楽しげに酒を飲んでいた。

喬四郎は、世耕を祝いながら石原の今後の出方が気になった。

石原の新しき大名家の仕官が金を目当ての騙りなら、世耕の身に北村伝内と同じ事が起こるかもしれないのだ。

「沢さん、すまぬが今夜は此で御開にしよう」

「構わぬがどうした……」

「う、うん。仕官が上手くいくと報せたい相手がいてな……」

世耕は、照れ笑いを浮かべた。

惚れているおきよに報せたいのだ……。

「そうか。ならば帰るか……」

喬四郎と世耕は、小料理屋を出た。

盛り場の出入口には、夜鳴蕎麦《よなきそば》屋や稲荷鮨屋、団子売り屋などの屋台が出ていた。

世耕は、団子を買った。

「土産か……」

「ええ。此の前、随分と喜んでくれてな」

世耕は、買った団子の包みを大切そうに懐に入れた。

喬四郎と世耕は、御徒町《おかち》の組屋敷街を抜けて大名屋敷街に向かった。

何者かが追って来る……。

喬四郎は気付いた。

追って来る者は、微かな殺気を放っていた。

狙っている相手は、俺か世耕か……。

何れにしろ、何者か見届けて始末しなければならない。

喬四郎は決めた。

「世耕さん、追って来る者がいる」

喬四郎は囁いた。

「な、何ですと……」

世耕は驚き、振り返ろうとした。

「振り返らず、そのまま進め。俺が始末する」

喬四郎は短く告げた。

「心得た……」

世耕は、喉を鳴らして頷いた。

喬四郎と世耕は、組屋敷街から大名屋敷街に入った。


喬四郎は世耕と別れ、大名屋敷の土塀の屋根に跳んだ。そして、屋根の上に身を伏せて来た道を窺った。

頭巾《ずきん》を被った武士が足早にやって来た。

何者だ……。

喬四郎は、殺気を放った。

頭巾を被った武士は、喬四郎の殺気に気付き、刀を抜いて身構えた。

喬四郎は、土塀の屋根を蹴って頭巾を被った武士に襲い掛かった。

頭巾を被った武士は、咄嗟に刀を一閃した。

喬四郎は刀を躱し、素早く頭巾を奪い取って着地した。

頭巾を取られた武士は、石原兵庫だった。

「やはり、おぬしか……」

喬四郎は笑い掛けた。

「おのれ。何者だ……」

石原は、喬四郎の素性を摑《つか》もうとした。

「それより、新しき大名家の仕官話、支度金を狙っての騙りだな」

「黙れ……」

石原は、猛然と喬四郎に斬り掛かった。

喬四郎は、石原の刀を弾《はじ》き飛ばして迫った。

石原は怯んだ。

「仕官を願う浪人の弱味に付け込み、押込みや辻強盗に追い込む汚く卑劣な騙り、企《たくら》んだのは何者だ……」

喬四郎は、石原を厳しく見据えた。

「こ、公儀の犬か……」

石原は、喬四郎の素性に気が付いた。

「何もかも吐いて貰おう」

「黙れ……」

石原は、喬四郎に斬り付けた。
喬四郎は、刀を鋭く一閃した。
石原は、胸元を斬られた。
「我らの責めを確《しか》と味わうが良い……」
喬四郎は冷たく笑った。
次の瞬間、石原は刀を逆手に持ち替えて己の腹に突き刺した。
「石原……」
喬四郎は、僅かに狼狽えた。
石原は、顔を醜く歪《ゆが》めて己の腹を斬り裂いて崩れ落ちた。
喬四郎は、冷徹に見守った。
石原は、死相の浮かんだ顔で喬四郎に哀しげに笑い掛けた。
介錯《かいしゃく》を願っている……。
「最早此迄……」
喬四郎は、石原の小刻みに震える首に刀を一閃した。
石原は絶命し、前のめりに崩れた。
世耕は無事に帰ったのか……。

喬四郎は、不意に不安に駆られて地を蹴った。
鳥越川に架かっている甚内橋を渡り、鳥越明神の裏通りに進めば明神長屋はある。
世耕は、鳥越明神の裏手に廻り、明神長屋の木戸に向かった。
土産の団子を喜ぶおかよの顔が思い浮かんだ……。
世耕は、思わず顔を綻《ほころ》ばせた。
刹那、匕首を構えた男が、木戸の陰から飛び出して来て世耕に体当たりした。
世耕は躱す間もなく、戸惑いを浮かべた。
男は、世耕の腹に突き刺した匕首を抉《えぐ》った。
世耕は、喉を鳴らして凍《い》て付いた。
匕首を抜いた男は、石原兵庫の住む仕舞屋の老下男の茂平だった。
「も、茂平……」
世耕は、両膝《ひざ》から落ちた。
懐から団子の包みが落ちた。
包みが解《ほど》け、団子が転がった。
「団子、団子が……」

世耕は、団子を拾おうとしたまま倒れ、絶命した。
茂平は、世耕の死を見定めて闇に消えた。
夜の闇が揺れ、喬四郎が駆け寄って来た。
喬四郎は、世耕の死体に気付いた。
「世耕……」
喬四郎は、団子に手を伸ばして死んでいる世耕甚太郎を見詰めた。
しまった……。
世耕は、心配したように北村伝内と同じ目に遭ったのだ。
喬四郎は、世耕を死なせた事を悔んだ。
殺した奴を突き止め、必ず世耕の恨みを晴らしてやる。
喬四郎は、世耕の死体に手を合わせた。
夜空に拍子木の音が響いた。
木戸番の夜廻りだ。
拍子木の甲高い音は、夜空に響きながら近付いて来る。
此迄だ……。
喬四郎は、夜の闇に身を翻した。

第三章　源氏天一坊

一

江戸城御休息御庭には陽差しが溢《あふ》れていた。

御庭之者倉沢喬四郎は、吉宗に召し出されて四阿《あずまや》に控えた。

「浪人共の徒党を組んだ押込みや辻《つじ》強盗、治まったようだな」

吉宗は微笑んだ。

「はい……」

喬四郎は平伏した。

「して、浪人共の狙いは、只《ただ》の金欲しさか……」

「いえ。何者かによる騙《かた》りの企《たくら》みが潜んでおりました」

「騙りの企み……」

吉宗は眉《まゆ》をひそめた。

「はい……」

「仔細《しさい》を話してみろ……」

「はっ。畏《おそ》れながら上様お声掛かりの新しき大名家が立てられると称し、家臣を集めていると浪人共に触れ、仕官を望むなら献上金を差し出せと、その金額によって扶持米《ふちまい》や役目が決まるとか……」

「それで、仕官を望む浪人共が献上金を作る為、押込みや辻強盗を働いたか……」

吉宗は読んだ。

「はい。浪人共に仕官の話をし、金を献上させていたのは石原兵庫なる者でした」

「石原兵庫……」

「はい。そして、石原は金を献上した浪人を秘《ひそ》かに殺し、金だけを奪う騙りを働いていました」

「おのれ……」

「そのような騙り、石原一人で出来る筈《はず》もなく、背後に潜む者を突き止めようとしたのですが、今一歩の処で腹を切られて仕舞いました」

「そのような事が隠されていたのか……」

「はい……」

「ならば、騙りを企てた者と拘《かかわ》る者は、石原兵庫の他にもいるのだな」

「はい。おそらく石原兵庫たちは、使い走りかと……」

「喬四郎、その者共、放っては置けぬな」

「ならば……」

「秘かに探索致せ」

「はい。畏れながら上様。石原たちは上様お声掛かりの新しき大名家だと申しておりますが、お心当たりはございますか……」

「ない。ま、何《いず》れは子供たちに家を立てさせるが、先の話。今は一切ない……」

「左様にございますか……」

「うむ。それにしても余の声掛かりとなると、余の知らぬ処で拘りがあるのかもしれぬ。何れにしろ喬四郎、秘かに探索を進め、早々に騙り一味の者共を成敗致せ」

吉宗は、厳しい面持ちで喬四郎に命じた。

外濠《そとぼり》に架かっている牛込御門の外には、神楽坂の上り坂が続いている。

喬四郎は、牛込御門を渡った。

橋の袂《たもと》に才蔵がいた。

喬四郎は小さく頷《うなず》いた。

才蔵は、話があると目顔で告げて堀端を揚場《あげば》町に向かった。

喬四郎は続いた。

揚場町の荷揚場は、荷揚げ荷下ろしの作業もとっくに終わり、閑散としていた。


揚場町の一膳《いちぜん》飯屋は、昼飯時も過ぎて客はいなかった。

喬四郎と才蔵は、店の隅で酒を飲み始めた。

「北村伝内を斬った修験者、現れたか……」

「ああ。で、尾行《つけ》たのだが、南品川の常楽院と云う寺に入った」

才蔵は報《しら》せた。

「南品川の常楽院……」

喬四郎は眉をひそめた。

「うむ。忍び込もうと思ったが、結界らしきものが張られていた」

「修験者共の結界か……」

喬四郎は読んだ。

「おそらく。それ故、先《ま》ずはどのような寺か周囲にそれとなく探りを入れた……」

才蔵は、手酌で酒を飲んだ。

「して……」

喬四郎は、話の先を促した。

「常楽院の院主は、さる止事無《やんごとな》き御方の御落胤《ごらくいん》と深い縁があると云う噂だ……」

才蔵は、嘲《あざけ》りを浮かべた。

「さる止事無き御方か……」

上様、吉宗の事なのか……。

喬四郎は、思わず厳しさを滲《にじ》ませた。

「ああ、何処の何様やら……」

才蔵は、喬四郎の厳しさを読んで皮肉っぽい笑みを浮かべた。

「だが、心当たりはないそうだ」

「信用出来るかな……」

才蔵は酒を飲んだ。

「信じるしかあるまい……」

喬四郎は苦笑した。

「すまじきものは宮仕えか……」

才蔵は笑った。

「何れにしろ、常楽院の院主が火元のようだな……」

常楽院の院主が、浪人相手の騙りの件の首謀者なのかもしれない。

喬四郎は睨《にら》んだ。

「おそらく……」

才蔵は頷いた。

「して、その止事無き御方の御落胤ってのは、どんな奴なのだ」

「そいつが分からない……」

才蔵は、腹立たしげに手酌で酒を呷《あお》った。

「分からないか……」

「常楽院の奥の院にいるのかいないのか。周囲の者や出入りの商人たちにそれとなく訊《き》いたのだが、良く分からない……」

才蔵は告げた。

「そうだろうな……」

喬四郎は頷いた。

「どうする……」

才蔵は、喬四郎の出方を窺《うかが》った。

「南品川の常楽院、行くしかあるまい……」

喬四郎は、不敵な笑みを浮かべて酒を飲んだ。


夜。

喬四郎は、舅《しゅうと》の倉沢左内を酒に誘った。

左内は嬉《うれ》しげに頷いた。

喬四郎は、左内に酒を酌した。

「して、話は何だ……」

左内は、喬四郎の腹の内を読んでいた。

「はい。実は……」

喬四郎は、吉宗の御落胤について尋ねた。

「御落胤……」

左内は、猪口《ちょこ》を手にしたまま眉をひそめた。

「はい。何か聞いてはおりませぬか……」

喬四郎は、左内に徳利《とっくり》を向けた。

「聞いてはおらぬが……」

左内は、吉宗の御落胤に関して何も知らなかった。

「左様ですか……」

喬四郎は、左内の猪口に酒を満たした。

「もし、御落胤がおいでになるとしたら紀州の頃だな」

左内は酒を飲んだ。

「おそらく……」

喬四郎は頷いた。

八代将軍徳川吉宗は、紀州徳川家二代目光貞《みつさだ》の四男だが、兄たちが相次いで亡くなって家督を相続した。そして、七代将軍家継《いえつぐ》が八歳で死去し、八代将軍に迎えられたのだ。

「紀州の頃となると、上様は部屋住みも長く、どのような事をしていたのか……」

左内は首を捻《ひね》った。

「良く分かりませんか……」

「うむ……」

左内は頷いた。

吉宗が紀州徳川家の部屋住みの頃、何をしていたか知る者は少ない。それだけに、吉宗に覚えがなくても、御落胤はいるのかもしれないのだ。

喬四郎は、吉宗が否定したのにも拘《かか》わらずそう思った。

「御落胤ですか……」

姑《しゅうとめ》の静乃が、新しい徳利を持って来た。

「こ、此《これ》は義母上《ははうえ》……」

喬四郎は、何故か焦りを覚えた。

「婿殿、御嫡子も出来ぬ内から御落胤の話など、随分と気の早い……」

静乃は、喬四郎を冷たく一瞥《いちべつ》した。

「いえ、義母上。御落胤とは私の事ではなく、う、上……」

喬四郎は狼狽《うろた》えた。

「喬四郎……」

左内は、咄嗟《とっさ》に制した。

「は、はい……」

喬四郎は、慌てて言葉を飲んだ。

「お前さま、夜も更けました。婿殿とのお酒、程々にされるのが宜《よろ》しいかと……」

静乃は、左内を一瞥して台所に立ち去った。

「分かっている……」

左内は、静乃の後ろ姿に腹立たしげに告げた。

喬四郎は苦笑した。

何れにしろ、左内は吉宗御落胤について何も知らなかった。

とにかく常楽院だ……。

喬四郎は、手酌で酒を飲んだ。


江戸湊袖ヶ浦《えどみなとそでがうら》に打ち寄せる波は煌《きら》めき、東海道には多くの人が行き交っていた。

喬四郎は、高輪の大木戸を過ぎて袖ヶ浦沿いの東海道を品川の宿に向かった。

東海道品川北本宿と目黒川を渡った南本宿は、町家の連なりの奥に御殿山《ごてんやま》と多くの寺社があった。

喬四郎は、目黒川を渡って品川南本宿の寺町に入った。

寺町は既に朝の御勤めの時も過ぎ、線香の香りが微《かす》かに漂っているだけで静けさに覆われていた。

喬四郎は、寺町を常楽院に向かった。

才蔵が現れ、喬四郎に並んだ。

「常楽院に変わりはないか……」

「ええ……」

才蔵は、常楽院に誘《いざな》うように進んだ。

喬四郎は続いた。

常楽院は山門を閉じていた。

喬四郎は、常楽院を眺めた。

才蔵が睨んだ通り、常楽院には結界が張られ、緊張、警戒、妖《あや》しさが交錯していた。

異様な気配……。

喬四郎は、山門の閉じられている常楽院に異様な気配が漂っているのを感じた。

それは、普通の寺とは違い、山岳信仰の修験道を修行する寺としての気配なのかもしれない。

喬四郎は、異様な気配の漂っている常楽院を厳しい面持ちで窺った。

「喬四郎さま……」

才蔵は一方を示した。

五人の修験者がやって来た。

喬四郎と才蔵は、身を潜めて見守った。

五人の修験者は、常楽院の裏手に廻《まわ》って行った。

「裏門から入るつもりか……」

才蔵は、やって来た五人の修験者の動きを読んだ。

「うむ……」

此《こ》のままでは埒《らち》が明かない……。

喬四郎は眉をひそめた。

「ちょいと尻《しり》に火を付けてやりますか……」

才蔵は、喬四郎の腹の内を読んで笑みを浮かべた。

「よし。その隙に忍び込む」

喬四郎は、才蔵が結界を破って騒ぎを起こすのに乗じて常楽院に忍び込む事にした。

四半刻《しはんとき》が過ぎた。
常楽院は結界を張り、異様な気配を漂わせ続けていた。
才蔵は、常楽院の閉じられた山門の屋根に跳び、境内を窺った。
長い参道、左右に連なる宿坊、仁王門、本堂、御霊屋《みたまや》、方丈、庫裏……。
才蔵は見廻した。
修験者の姿は、一人として見えない。
結界を張り、姿を隠している。
引き摺《ず》り出してやる……。
才蔵は、嘲笑《ちょうしょう》を浮かべて山門の屋根を蹴《け》って長い参道に飛び降りた。
常楽院の結界は破られた。
間髪を容《い》れず、修験者たちが物陰や連なる宿坊から現れた。
才蔵は、長い参道を仁王門に向かって走った。
修験者たちは、金剛杖《こんごうづえ》に仕込んだ刀を抜いて才蔵を追った。
別の修験者たちが才蔵の行く手に現れ、抜刀した。
才蔵は囲まれた。
斬り抜ける……。

才蔵は、行く手の修験者たちに向かって走り続けた。

行く手の修験者たちは、駆け寄る才蔵に向かった。

激突。

修験者たちは、才蔵に斬り掛かろうとした。

寸前、才蔵は参道の石畳を蹴り、斬り掛かる修験者たちの頭上に跳んだ。

修験者たちは狼狽えた。

才蔵は、刀を閃《ひら》かせて修験者たちを跳び越えて着地した。

二人の修験者が、血を振り撒《ま》いて斃《たお》れた。

才蔵は、刀を血に濡《ぬ》らして嘲りを浮かべた。

修験者たちは怯《ひる》み、才蔵を取り囲んだ。

「おのれ、何者だ……」

「手前《てめえ》らに斬り殺された浪人北村伝内の無念を晴らしに来た……」

才蔵は、仕官を願って金を渡し、殺された浪人の北村伝内の仲間を装った。

「何……」

修験者たちは、思わず顔を見合わせた。

「どうやら、そいつは俺のようだ」

一人の修験者が進み出て来た。
修験者は、浪人の北村伝内を斬り殺した者に間違いなかった。
才蔵は見定めた。
「確かに手前だな……」
才蔵は、進み出て来た修験者に鋭く斬り付けた。
修験者は、咄嗟に跳び退いた。
才蔵は、跳び退いた修験者に素早く迫り、刀を横薙《よこな》ぎに一閃《いっせん》した。
修験者に躱《かわ》す暇はなかった。
血が飛んだ。
修験者は首を斬られ、眼を瞠《みは》って斃れた。
此処迄《まで》だ……。
才蔵は身を翻した。
修験者たちは、慌てて才蔵を追った。
才蔵は走った。
常楽院に張られた結界は破られ、激しく乱れていた。

喬四郎は忍び装束に身を固め、乱れた結界の隙を突いて常楽院に忍び込んだ。

長い参道には、才蔵と修験者たちが斬り合う殺気が揺れていた。

喬四郎は、物陰伝いに奥の方丈に走った。

方丈に連なる座敷は障子が閉められていた。

喬四郎は、庭の植込みの陰に忍んで連なる座敷に人の気配を捜した。

中年の武士が、縁側を足早にやって来て一つの座敷に声を掛け、障子を開けて中に入った。

喬四郎は、隣の座敷に走った。

隣の座敷に人はいなかった。

喬四郎は、座敷の角の長押《なげし》に跳んで天井板を動かした。

天井板は外れた。

喬四郎は、素早く天井裏にあがった。

柱や梁《はり》が縦横に組み合わされた天井裏は、節穴や隙間から差し込む僅《わず》かな明かりに薄暗かった。

喬四郎は、天井板を元に戻し、梁伝いに隣の座敷に進んだ。

梁に積み重なった埃《ほこり》が落ち、僅かな明かりを受けて舞った。

男たちの声が、隣の座敷から微かに聞こえていた。

喬四郎は梁に潜み、坪錐《つぼぎり》で天井板に小さな穴を開けた。そして、梁から身を乗り出して小さな穴を覗《のぞ》き込んだ。

眼下の座敷には、中年の武士と総髪の武士がいた。

何者だ……。

喬四郎は、修験道の寺には似合わない武士たちに戸惑いを覚えながらも隠形《おんぎょう》した。

「して高橋《たかはし》、その結界を破って侵入した浪人、何者なのだ……」

総髪の武士は、中年の武士を高橋と呼んで尋ねた。

「それなのですが、どうやら仕官を願って金を差し出し、始末された北村伝内と申す浪人の知り合いのようです」

高橋は、厳しい面持ちで告げた。

「北村伝内、此の常楽院を知っていたのか……」

「おそらく……」

「差配の徒頭《かちがしら》は誰だ……」

「過日、何者かと斬り合い、自刃した石原兵庫にございます」

「石原兵庫か……」

総髪の武士は眉をひそめた。

「はい。赤川《あかがわ》さま、配下の茂平によれば、石原兵庫は何者かに見張られていたようだと……」

高橋は告げた。

「公儀の手の者か……」

赤川と呼ばれた総髪の武士は、厳しさを露《あら》わにした。

「かもしれませぬ……」

「だが、江戸留守居《るすい》の直井外記《なおいげき》によれば、公儀の目付や町奉行所に取立てて変わった動きは窺えぬそうだ」

「ならば……」

高橋は、微かな困惑を滲ませた。

「御家老、御目付、徒頭の本多刑部左衛門《ほんだぎょうぶざえもん》にございます……」

障子の外に武士がやって来た。

「本多か、入れ……」

赤川は許した。

徒頭の本多刑部左衛門が入って来た。

「侵入した浪人、如何《いかが》致した」

「はっ。裏門から……」

本多は悔しげに告げた。

「逃げられたか……」

「はい。配下の者共が追いましたが……」

「そうか……」

「して御家老、高橋どの、侵入した浪人、ひょっとしたら忍びの者かも知れませぬ……」

本多は、厳しい面持ちで告げた。

「忍びの者……」

家老の赤川と目付の高橋は、本多の報せに緊張を露わにした。

家老の赤川、目付の高橋、徒頭の本多刑部左衛門、留守居の直井外記……。

喬四郎は、常楽院に潜む者たちが大名家同様の組織を持っているのを知った。

二

才蔵に破られた常楽院の結界は、再び張り巡らされた。

喬四郎は、方丈の屋根裏に忍び続けた。

家老の赤川、目付の高橋、徒頭の本多刑部左衛門の密談は続いていた。

「赤川さま、忍びの者と思われる浪人、公儀の手の者なのかも知れませぬな」

目付の高橋は睨んだ。

「うむ。仕官を望む浪人の扱い、少々過ぎたようだ」

家老の赤川は苦笑した。

「はい……」

高橋は頷いた。

「高橋、本多。先触れの者によれば、殿は用人の南部権太夫《なんぶごんだゆう》や番頭《ばんがしら》の福島右衛門《ふくしまうえもん》、近習頭《きんじゅ》の矢島主計《やじましゅけい》たちを従えて既に小田原《おだわら》を過ぎた筈。公儀との対決は近い……」

赤川は、高橋と本多を見据えた。

「常楽院の結界を厳重にし、呉々《くれぐれ》も付け込まれぬようにな」

高橋と本多は、微かに喉《のど》を鳴らした。

赤川は命じた。

「心得ました。では……」

高橋と本多は、緊張した面持ちで頷いて家老の赤川の座敷から出て行った。

「家老の赤川大膳《だいぜん》か……」

赤川は己の名を呟《つぶや》き、声をあげずに笑った。

肩を揺らし、満面に狡猾《こうかつ》さを浮かべてさも面白そうに笑い続けた。

喬四郎は、梁の上に身を起こして隠形を解いた。

家老の赤川大膳……。

喬四郎は、総髪の武士の名を知った。

只の武士ではない……。

喬四郎は、赤川大膳の素性が気になった。

だが、今は御落胤の一件だ。

赤川たちが殿と呼ぶ者が、新しき大名家を作ろうとしている御落胤なのだ。そして、赤川大膳たちはそれぞれの役目に就き、既に大名家としての家中の組織を整えている。

喬四郎は、方丈の天井裏から降りて庭先の植込みの陰に走った。

常楽院に再び張られた結界は、忍び込む者に対するものであり、脱け出す者に向けられたものではない。

喬四郎は見定め、退き口を探した。

裏門……。

喬四郎は、常楽院の者や修験者たちが出入りしている裏門の結界が一番緩いのを知った。だが、門番はいる。

喬四郎は、己の痕跡《こんせき》を一切残さずに脱出する事に決め、宿坊に走った。そして、宿坊の一つに忍び込み、修験者の着物に着替え、兜巾《ときん》や篠懸《すずかけ》などをし、忍び装束を入れた笈《おい》を背負った。

常楽院の裏門は、修験者たちなどが出入りしていた。

修験者に扮《ふん》した喬四郎は、金剛杖をついて何事もなく常楽院の裏門を出た。

品川南本宿の寺町は相変わらず静かだった。

喬四郎は、己を見詰める視線を感じた。

気付かれたか……。

喬四郎は、見詰める視線を窺った。

殺気はない……。

喬四郎は、見詰める視線に殺気がないのを知った。

才蔵……。

喬四郎は、視線の主が才蔵だと気付き、東海道に進んだ。そして、途中にある閻《えん》魔《ま》堂《どう》の裏手に入った。

閻魔堂の裏手には、袖ヶ浦に注ぐ目黒川が流れていた。そして、目黒川の流れの向こうには、連なる寺の土塀が続いていた。

人目はない……。

喬四郎は、兜巾や篠懸などを外して元の姿に戻った。

「如何でした……」

才蔵が現れた。

「いろいろ面白い事が分かった……」

喬四郎は笑った。

目黒川の流れは夕陽に煌めいた。


東海道沿いの蕎麦《そば》屋は、旅の客で賑《にぎ》わっていた。

出立する客は江戸の蕎麦との暫《しば》しの別れを惜しみ、帰って来た客は久し振りに逢《あ》った味を懐かしんだ。

喬四郎と才蔵は、二階の窓辺で蕎麦を肴《さかな》に酒を飲んだ。

家老の赤川大膳、目付の高橋、徒頭の本多刑部左衛門……。

喬四郎は、御落胤を担ぐ者たちが既に大名家としての組織を整え、常楽院が江戸屋敷となっているのを才蔵に話して聞かせた。

「家老の赤川大膳ですか……」

才蔵は酒を飲んだ。

「うむ。只の武士とは思えぬ……」

喬四郎は、狡猾さを浮かべて面白そうに笑った赤川大膳を思い出した。

「ひょっとしたら修験者かも……」

才蔵は、赤川大膳の素性を読んだ。

「修験者か……」

「ええ。で、肝心の御落胤は……」

才蔵は尋ねた。

「そいつが今、用人や近習頭、番頭たちを従えて江戸に向かっているそうだ」

「江戸に……」

「うむ。そして、公儀と対決するそうだ」

「公儀と対決……」

才蔵は眉をひそめた。

「ああ。公儀に上様御落胤と認めさせ、大名家に取立てさせる企てなのだろう」

喬四郎は読んだ。

「御落胤、名は……」

「そいつは未《ま》だだ……」

喬四郎は、手酌で酒を飲んだ。

「そうですか。あっ……」

才蔵は、窓の下の東海道を行き交う人々を見て小さな声をあげた。

「どうした……」

「茂平です……」

才蔵は、東海道を南に向かっている修験者を示した。

「茂平……」

「ええ。石原兵庫の家にいた下男です」

「その下男の茂平なら常楽院の目付の配下のようだ……」

喬四郎は、蕎麦屋の下を通り過ぎて行く修験者姿の茂平を見詰めた。

茂平は、江戸に来る御落胤の許《もと》に行くのかもしれない……。

喬四郎は読んだ。

「どうします」

才蔵は、喬四郎の指示を仰いだ。

「よし……」

喬四郎は、冷笑を浮かべた。

品川宿を出て、鮫洲《さみず》、浜川を過ぎた頃、夕暮れ時が訪れた。

既に江戸を出立する旅人はいなく、江戸に向かう旅人は先を急いだ。

茂平は、鈴《すず》ヶ森《もり》に差し掛かった。
鈴ヶ森は、北の小塚原《こづかはら》と並ぶ江戸の刑場であり、江戸の厳しさを窺わせていた。
茂平は僅かに前屈《かが》みになり、鈴ヶ森の刑場の前を足早に通り過ぎようとした。
塗笠《ぬりがさ》を被《かぶ》った侍が行く手に現れた。
茂平は気付き、怪訝《けげん》な面持ちで足を止めた。
塗笠を被った侍は、先を急ぐ様子でもなく佇《たたず》んでいた。
何をしている……。
茂平は、夕暮れ時に佇む塗笠を被った侍を見詰めた。
次の瞬間、塗笠を被った侍は、立ち止まっている茂平に向かって来た。
茂平は、思わず後退《あとずさ》りして身を翻した。
刹那《せつな》、才蔵が現れ、茂平の脾《ひ》腹《ばら》に拳《こぶし》を叩《たた》き込んだ。
茂平は呻《うめ》き、脾腹を抱えて蹲《うずくま》った。
才蔵は、蹲った茂平の首に背後から腕を廻《まわ》して絞めた。
茂平は眼を瞠《みは》って踠《もが》き、気を失った。
才蔵は、気を失った茂平を担ぎ上げて鈴ヶ森の刑場に入った。
塗笠を被った侍が、辺りを窺って続いた。

喬四郎だった。

夜の鈴ヶ森の刑場は、不気味な気配に満ち溢れていた。

気を失った茂平は後ろ手に縛られていた。

喬四郎は、茂平に活を入れた。

茂平は呻き、気を取り戻した。そして、自分が縛られているのに気付いて狼狽えた。

「騒ぐな。騒げば殺す……」

喬四郎は、茂平が持っていた金剛杖の仕込刀を抜き、楽しげに笑った。

仕込刀は揺れ、蒼白《あおじろ》く輝いた。

茂平は、恐怖に激しく衝《つ》き上げられて身を固くした。

「茂平、助かりたいならば、知っている事を素直に話すしかない。分かっているな」

喬四郎は、茂平に笑顔で告げた。

笑顔に隠されている責めは、得体の知れぬ恐ろしさが秘められている。

「ああ……」

茂平は、恐ろしげに頷いた。

「茂平、常楽院にいる家老の赤川大膳とは何者だ」

喬四郎は尋ねた。

「赤川大膳……」

「うむ。何者だ……」

「赤川大膳は、元は修験者だ」

茂平は、恐怖から逃れる覚悟を決めた。

「やはり修験者か……」

喬四郎と才蔵は、顔を見合わせた。

「ああ……」

「ならば、御落胤とは何処の誰だ」

喬四郎は、茂平を見据えた。

「源氏天一坊《げんじてんいちぼう》さまと申される方だ」

茂平は告げた。

「源氏天一坊……」

喬四郎は、漸《ようや》く御落胤の名を知った。

「ああ……」

「その源氏天一坊が、上様の御落胤だと云うのか……」

才蔵は眉をひそめた。

「そうだ……」

「詳しい素性は……」

「知らぬ……」

「惚《とぼ》けるな、茂平……」

才蔵は、茂平を見据えた。

「本当だ。本当に知らぬ。俺は江戸に来る天一坊さまの身辺に不審な事がないか、見定めろと命じられて来ただけだ」

茂平は慌てた。

「嘘偽りはないいな」

「ああ。ない……」

茂平は頷いた。

「茂平、御落胤、源氏天一坊と名乗っているのだな」

喬四郎は念を押した。

「そうだ……」

「何か……」

才蔵は、怪訝な面持ちで喬四郎を窺った。

「征夷大将軍《せいいたいしょうぐん》になるには源平《げんぺい》どちらかの家柄でなければならぬ。徳川将軍家は源氏だ。源氏天一坊は源氏の流れを汲《く》んでいる者だと云っているのだ」

喬四郎は読んだ。

「成る程……」

「して茂平。天一坊、歳は幾つぐらいなのだ」

「詳しくは知らぬが、二十歳前の若者だと聞いている」

「二十歳前か……」

二十年前となると、吉宗は将軍はおろか和歌山藩藩主になる以前の事だ。

「して天一坊、何処から来たのだ」

喬四郎は訊いた。

「紀州の田辺《たなべ》だと聞いている……」

「紀州田辺か……」

喬四郎と才蔵は、思わず顔を見合わせた。

紀州田辺藩は和歌山藩の支藩であり、御三家紀州徳川家の領地だ。

「聞いた事はあるか……」

喬四郎は、才蔵に源氏天一坊の名を聞いた事があるかどうか尋ねた。

「いや……」

才蔵は、首を横に振った。

喬四郎と才蔵は、紀州で生まれ育って忍びの修行もした。だが、天一坊の名は、一度も聞いた覚えはなかった。

御落胤は源氏天一坊……。

その素性と正体は何者なのか……。

喬四郎は想いを巡らせた。

「俺の知っている事は何もかも話した。頼む。助けてくれ」

茂平は頼んだ。

「良いだろう。だが、此の事は赤川大膳たちには内緒だ」

喬四郎は命じた。

「云われる迄もない。何もかも話したと知れれば、俺の首が飛ぶ……」

茂平は、狡猾な笑みを浮かべた。

才蔵は苦笑し、茂平の縄を解いた。そして、喬四郎は仕込刀を金剛杖に戻した。

「処で茂平、石原の処に出入りしていた浪人の世耕甚太郎を斬り殺したのが誰か、知っているか……」

喬四郎は尋ねた。

「そ、そいつは知らぬ……」

茂平は、微かに狼狽えた。

まさか……。

喬四郎の勘が不意に囁いた。

「茂平、世耕は、いつも隣の家の子に大福餅《もち》を土産に買っていた……」

喬四郎は鎌を掛けた。

「大福餅……」

茂平は眉をひそめた。

「うむ……」

「団子ではないのか……」

茂平は、世耕を殺した時、その懐から団子が落ちたのを思い出した。

「団子だと……」

喬四郎は、茂平が鎌に掛かったと知り、厳しく見据えた。

「そうだ、違うか……」

「茂平、何故に大福ではなく団子だと知っている……」

「そいつは、世耕さんから聞いていて……」

茂平は、慌てて言い繕おうとした。

「黙れ……」

喬四郎は一喝した。

茂平は怯んだ。

「茂平、あの夜、世耕が土産の団子を買ったのを知っているのは、俺と斬り殺した者だけだ……」

喬四郎は、地面に落ちている団子と死んでいる世耕甚太郎を思い浮かべた。

「それを知っているとなると、茂平……」

喬四郎は、憎しみを露わにした。

「おのれ……」

茂平は世耕殺しを気付かれたと知り、咄嗟に金剛杖の仕込刀を抜いて喬四郎に斬り付けた。

刹那、喬四郎は刀を抜き打ちに斬り下げた。

閃光《せんこう》が走り、血煙があがった。

茂平は額を斬り割られ、眼を剝《む》いて仰向《あおむ》けに斃れた。

喬四郎は、残心の構えを取って斃れた茂平を見据えた。

才蔵は、茂平の死を素早く見定めた。

喬四郎は、残心の構えを解いた。

「喬四郎さま……」

「才蔵、世耕甚太郎を殺したのは茂平だった」

喬四郎は、刀に拭《ぬぐ》いを掛けて鞘《さや》に納めた。

「ええ……」

「才蔵、俺は上様に源氏天一坊の事を訊いてみる。お前は茂平に代わって源氏天一坊の許に急ぎ、どのような者か見定めろ」

喬四郎は命じた。

「心得た」

才蔵は頷いた。

喬四郎は、落ちた団子に手を伸ばして息絶えている世耕甚太郎を思い浮かべた。

世耕甚太郎……。

喬四郎は、虚《むな》しく死んだ世耕甚太郎を哀れんだ。

得体の知れぬ鳥の甲高い鳴き声が、暗い鈴ヶ森の刑場に不気味に響き渡った。

夜明けが近付いた。

東海道には、早立ちの旅人が行き交い始めた。

才蔵は、鈴ヶ森から夜通し歩いて戸塚《とつか》宿に差し掛かった。

源氏天一坊一行は小田原から一日進み、昨夜は隣の藤沢《ふじさわ》宿辺りに泊まった筈だ。

戸塚宿で見張っていれば、源氏天一坊一行と出逢う……。

才蔵は睨み、戸塚宿の江戸口にある茶店で休息を取った。そして、朝飯を食べ、江戸に向かう旅人たちの中に源氏天一坊一行を捜した。


江戸城御休息御庭には陽差しが溢れ、小鳥の囀《さえず》りが響いていた。

「源氏天一坊……」

吉宗は、戸惑いを浮かべた。

「はい。その源氏天一坊なる者が上様御落胤だと称しておりました」

喬四郎は告げた。

「源氏天一坊か……」

吉宗は、僅かに片頬を歪《ゆが》めた。

「御存知にございますか……」

「知らぬ……」

吉宗は、首を横に振った。

「左様にございますか……」

「喬四郎、その源氏天一坊なる者が余の落胤で大名になると云い、仕官を望む浪人共から金を召し上げる騙りを働いていたか……」

吉宗は、片頬を歪めて苦笑いを浮かべた。

「はい。そして、不審に思った浪人を秘かに始末を……」

「おのれ、愚かな真似を……」

吉宗は吐き棄てた。

「上様、源氏天一坊には赤川大膳なる修験者が家老として付き、品川南本宿の常楽院なる寺を屋敷となし、秘かに大名家の体裁を整えております」

「ならば喬四郎、源氏天一坊、品川南本宿の常楽院なる寺にいるのか……」

「いえ。源氏天一坊は今、江戸に向かって東海道の藤沢宿の辺りかと……」

喬四郎は読んだ。

「そして、江戸に来て余の落胤だと公儀に届け出るつもりか……」

吉宗は苦笑した。

「おそらく……」

喬四郎は頷いた。

「源氏天一坊、何者か知らぬが、余の落胤などと小賢《こざか》しい真似を……」

吉宗は、嘲笑を浮かべて云い放った。

「上様……」

「喬四郎、品川は関東郡代《かんとうぐんだい》の支配地、郡代の伊奈半左衛門《いなはんざえもん》に常楽院などを直ぐに検《あらた》めるよう命じる。そなたは引き続き、源氏天一坊や赤川大膳なる者共を調べろ」

吉宗は命じた。

「心得ました……」

喬四郎は頷いた。

三

東海道戸塚宿は、江戸から十里半の処にある。
才蔵は、戸塚宿の江戸口にある茶店で源氏天一坊一行の来るのを待った。
様々な旅人が行き交い、二人の修験者が西からやって来た。
二人の修験者は、辺りを厳しく窺っていた。
源氏天一坊一行の露払い……。
才蔵の勘が囁いた。
ならば、源氏天一坊一行が間もなく来る筈だ。
才蔵は睨み、茶店で買った編笠《あみがさ》を被って物陰に潜んだ。
僅かな刻《とき》が過ぎた。
武家駕籠《かご》が、数人の武士に護《まも》られて西からやって来た。
源氏天一坊の一行か……。
才蔵は、武家駕籠一行を窺った。
源氏天一坊が武家駕籠に乗っているとしたなら、付き従っている武士たちは用人の南部権太夫、近習頭の矢島主計、番頭の福島右衛門などの筈だ。
才蔵は、茶店の前を通り過ぎて行く武家駕籠一行を見送った。
二人の修験者が、僅かな距離を取ってやって来た。
後詰か……。
才蔵は、二人の修験者の役目を読んだ。
武家駕籠の一行は、源氏天一坊たちに間違いない。
才蔵は見定め、後詰の二人の修験者に続いた。
源氏天一坊一行は、周囲に油断なく気を配って進んでいた。
吉田《よしだ》、程ヶ谷《ほどがや》、神奈川《かながわ》、川崎《かわさき》……。
源氏天一坊の一行は、東海道を江戸に向かって行く。
源氏天一坊の顔を見定める……。
才蔵は続いた。

常楽院は結界に覆われていた。
喬四郎は、隣の寺の本堂の大屋根に潜んで常楽院を窺っていた。
役人たちがやって来た。

関東郡代の役人……。

喬四郎は読んだ。

常楽院の結界は微かに揺れた。

修験者たちが関東郡代の役人たちに気が付いたのだ。

さあて、どうなる……。

喬四郎は、隣の寺の本堂の屋根を降りた。


関東郡代の役人たちは、常楽院の山門を叩いた。

徒頭の本多刑部左衛門が配下を従え、常楽院から応対に現れた。

「何用ですかな……」

本多は、厳しい面持ちで関東郡代の役人頭に尋ねた。

「拙者、関東郡代伊奈半左衛門さまが用人遠山軍太夫《とおやまぐんだゆう》。常楽院に不審な処ありとの訴えがあり、検めに参った」

役人頭の遠山軍太夫は、配下の役人たちに目配せをした。

遠山と役人たちは山門を潜った。

「待たれよ……」

赤川大膳が、常楽院の山門を潜った遠山たち郡代役人の前に立ちはだかった。

「おぬしは……」

遠山は眉をひそめた。

「私は当院を預かっている常楽院赤川大膳と申す……」

赤川大膳は、遠山に悠然と笑い掛けた。

「赤川大膳どのか。拙者は関東郡代伊奈半左衛門さまが用人遠山軍太夫。役目により当院を検める」

遠山は厳しく告げた。

「遠山どの、検めるのは構わぬが、当院は既に止事無き御方のお住まい。呉々も無礼になりませぬよう……」

赤川は告げた。

「止事無き御方……」

遠山は、戸惑いを浮かべた。

「左様。さる御方の御落胤にございます」

赤川は微笑んだ。

「御落胤……」

遠山は驚いた。

「如何《いか》にも。元御三家御当主の……」

赤川は、薄笑いを浮かべた。

「元御三家御当主……」

遠山は混乱した。

「そして今は……」

赤川は遠山を見据え、焦《じ》らすのを楽しむかのように言葉を切った。

「今は……」

遠山は、微かな苛立《いらだ》ちを過ぎらせて赤川の言葉の続きを待った。

赤川は笑った。

「えっ……」

遠山は、笑う赤川に戸惑った。

「遠山どのの御想像の通りです」

赤川は、笑いながら頷いた。

「な、ならば上様の……」

遠山は狼狽えた。

「遠山どの、止事無き御方とお逢いしたければ、明日、関東郡代の伊奈さまとおいでになるのが宜しいかと……」

赤川は告げた。

「明日、伊奈さまと来れば、止事無き御方とお逢い出来るのか……」

遠山は喉を鳴らした。

「如何にも……」

赤川は、笑みを浮かべて頷いた。

「そうか。ならば、伊奈さまに此の事を御報せ致し、どうするか御指図を戴《いただ》こう」

遠山は頷いた。

「ならば……」

「本日の常楽院検めは此迄と致す」

遠山は、配下の役人たちに目配せをした。

役人たちは退き、常楽院から出て行った。

「ならば赤川どの……」

遠山は、赤川に目礼して常楽院を後にした。

「御苦労にござった……」

赤川は見送った。

「赤川さま……」

徒頭の本多刑部左衛門は、厳しい面持ちで赤川に近付いた。

「公儀も動き出しましたな」

本多は眉をひそめた。

「案ずるな本多、天一坊さまは間もなく御到着になられる」

赤川は笑った。

喬四郎は、関東郡代の騒ぎで乱れた結界を抜け、方丈の天井裏に忍んだ。

天井裏の梁や天井板に積もった埃には、喬四郎が前に忍んだ時に残した痕跡以外のものは何もなかった。

気付かれてはいない……。

もし気付かれたのなら、新たな痕跡が残されている筈だ。

喬四郎は、梁を伝って赤川の座敷の上に進んだ。

赤川大膳は、明日になれば止事無き御方に逢えると遠山軍太夫に告げた。それは、源氏天一坊が、今日中に常楽院に来ると云う事なのだ。

喬四郎は、天井裏の梁に忍んで赤川大膳の座敷を窺った。

座敷には、赤川大膳が目付の高橋伊右衛門《いえもん》や中年の武士といた。

「それにしても御家老、関東郡代の用人の遠山、大人しく引き上げましたな」

中年の武士は嘲りを浮かべた。

「直井、おぬし、江戸留守居として公儀の役人に探りを入れている筈だが、何か噂は聞いていないのか……」

赤川は、直井と呼んだ中年の武士に尋ねた。

「それなのですが、公儀の役人の間には我らの事は勿論《もちろん》、御落胤に拘る噂、一切ありません」

直井は笑った。

「そうか……」

赤川は眉をひそめた。

「仕官を餌にして浪人から金を巻き上げる騙り、良い時に手を引いたようだな」

目付の高橋は苦笑した。

「果たしてそうかな……」

赤川は眉をひそめた。

「御家老……」

高橋と直井は、戸惑いを浮かべた。

「高橋、直井、公儀はまこと何も気が付いていないのかな……」

赤川は、高橋と直井を見据えた。

「赤川さま……」

「浪人に騙りを仕掛けていた石原兵庫が自刃した事や、忍びらしき者が此の常楽院に現れた事など、何者かが秘かに動いているのは間違いはない。だが、公儀に何の動きも噂もない。高橋、直井、それをどう見る……」

「我らの知らぬ者共がいますか……」

高橋は読んだ。

「おそらく……」

赤川は、厳しい面持ちで頷いた。

「ならば、そうした者共が公儀の裏で秘かに動いている……」

直井は眉をひそめた。

「間違いあるまい」

赤川は苦笑した。

「ならば、関東郡代の急な検めは……」

高橋は、緊張を過ぎらせた。

「おそらく、裏で秘かに動いている者の報せでの動き……」

赤川は読んだ。

「だとしたなら、あっさりと引き上げたのも気になりますな」

高橋は眉をひそめた。

「うむ。高橋、関東郡代伊奈半左衛門の屋敷に配下の者を張り付けろ」

赤川は、目付の高橋に命じた。

「心得ました。直ぐに……」

目付の高橋は、赤川の座敷から出て行った。

「して直井、天一坊さま一行から何か報せはないのか……」

「はい。先程参った先触れは、既に神奈川を過ぎたと……」

「そうか。いよいよ公儀と勝負だな……」

赤川大膳は、不敵な笑みを浮かべた。

公儀との勝負とは、源氏天一坊を大名にする事なのか……。

喬四郎は、赤川大膳の企てを読んだ。


陽は西に大きく傾いた。

源氏天一坊一行は、川崎宿から六郷川《ろくごう》を越えて江戸に進んだ。

才蔵は追った。

源氏天一坊は、武家駕籠に乗ったまま降りる事は滅多《めった》になかった。降りる時は、脇本陣《わきほんじん》や川役所の土間に武家駕籠を乗り入れてからだった。

警戒は厳しく、油断はない……。

才蔵は、源氏天一坊の顔を未だ見定めてはいなかった。


蒲田《かまた》、大森《おおもり》の宿を過ぎ、源氏天一坊一行は鈴ヶ森に入った。

品川の宿は、もう僅かな距離だ。

源氏天一坊の顔を見定める事は出来ないのか……。

才蔵は、微かな焦りを覚えた。

源氏天一坊一行は、鈴ヶ森の刑場に差し掛かった。

行き交う旅人たちは、不気味な鈴ヶ森の刑場を恐れて足早に通り過ぎた。

源氏天一坊一行は、鈴ヶ森の刑場の前で武家駕籠を停めた。

どうした……。

才蔵は、距離を詰めて木陰から見守った。

武家駕籠から若い男が降り立った。

若い男は総髪撫付《なでつけ》の髪をし、派手な羽織袴《はおりはかま》を纏《まと》っていた。

源氏天一坊……。

才蔵は、漸く源氏天一坊の顔を見定めた。

見覚えはない……。

才蔵は、源氏天一坊の顔は勿論、その姿形に見覚えはなかった。

源氏天一坊は、不気味な鈴ヶ森の刑場を固い面持ちで眺めた。

用人の南部権太夫、近習頭の矢島主計、番頭の福島右衛門らは、源氏天一坊の周囲を警戒した。

源氏天一坊は、どのような想いで鈴ヶ森の刑場を眺めているのか……。

才蔵は、源氏天一坊を見守った。

源氏天一坊は、不意に薄笑いを浮かべた。

才蔵は戸惑った。

罪人が処刑され、首の晒《さら》される刑場は不気味であり、恐ろしい処だ。

眺めて笑う者など滅多にいない。だが、源氏天一坊は、鈴ヶ森の刑場を眺めて薄笑いを浮かべたのだ。

薄笑いは、鈴ヶ森の刑場と処刑された罪人を嘲り、侮るものだ。

冷酷非情……。

才蔵は、源氏天一坊の薄笑いがそう思えてならなかった。

夕陽は鈴ヶ森の刑場を覆い、源氏天一坊の薄笑いを赤く染めた。

赤く染まった薄笑いは、源氏天一坊の顔を不気味に歪ませた。

才蔵は、思わず眉をひそめた。

大禍時《おおまがとき》……。

源氏天一坊一行は、品川南本宿の常楽院に到着した。

武家駕籠は山門を潜り、方丈の前に進んで停まった。

方丈の前には、家老の赤川大膳、江戸留守居役の直井外記、目付の高橋伊右衛門、徒頭の本多刑部左衛門が出迎えた。

源氏天一坊が、武家駕籠から降り立った。

「天一坊さま、御無事な御到着、祝着至極にございます」

赤川大膳は、満面に笑みを浮かべて天一坊を迎えた。

「赤川、皆の者、出迎え、大儀……」

天一坊は、凛《りん》とした声で赤川大膳たちの出迎えを労《ねぎら》った。

「ささ……」

赤川は、天一坊に方丈にあがるように促した。

「うむ……」

天一坊は頷き、赤川に誘われて方丈に入って行った。

用人の南部権太夫、近習頭の矢島主計、番頭の福島右衛門が続いた。

常楽院は、目付の高橋や徒頭の本多たちの采配《さいはい》で結界を厳しくした。


源氏天一坊……。

喬四郎は、方丈の屋根に潜んで天一坊の顔を見定めた。

昔、何処かで見た覚えのある顔……。

喬四郎の勘が囁いた。

だが、いつ何処で見た顔なのかは思い出せなかった。

見覚えがあると思ったのは、気の所為《せい》なのかもしれない。

喬四郎は、様々な想いに駆られた。

大禍時は夜の闇に覆われた。


常楽院は夜の闇に沈んだ。

才蔵は、常楽院を窺った。

常楽院の要所には篝火《かがりび》が焚《た》かれ、見張りの者たちが立った。

結界は一段と厳しくなった……。

才蔵は読んだ。


家老の赤川大膳と用人の南部権太夫は、酒を酌み交わしていた。

「そうか。公儀の手の者が秘かに動いているのか……」

南部は眉をひそめた。

「うむ。おぬしたちの元に向かった目付の配下が消息を絶ったのが証拠。そして、表では関東郡代の伊奈半左衛門が動き出した」

赤川は、冷笑を浮かべた。

「吉宗、どう出るかな……」

南部は眉をひそめた。

「使う価値があると思えば御落胤と認め、大名に取立てるだろう。だが、おそらくそれはあるまい……」

赤川は、悔しさや昂《たか》ぶりを見せず、淡々と告げた。

「ならば……」

「企て通り、それなりに話をつける……」

赤川大膳は、怜悧《れいり》さと狡猾さを滲ませた。

蒼白い炎は護摩壇に躍った。

「臨、兵、闘、者、皆、陣、列、在、前……」

天一坊は、護身の九字の呪文《じゅもん》を唱えて護摩木を焚いた。

蒼白い炎は大きく揺れた。

天一坊の能面のような顔には、護摩壇に躍る蒼白い炎が不気味に映えた。

喬四郎は、護摩壇の火に向かって九字の呪文を唱える天一坊を見守った。

四

関東郡代伊奈半左衛門は、用人の遠山軍太夫たちを従えて常楽院を訪れ、源氏天一坊に面会を求めた。

留守居役の直井外記は、伊奈半左衛門と遠山軍太夫を方丈の奥の座敷に誘った。

喬四郎は、方丈の天井裏の梁伝いに奥座敷に急いだ。そして、奥座敷の天井板に開けておいた小さな穴を覗いた。

奥座敷には家老の赤川大膳、用人の南部権太夫、近習頭の矢島主計が控えており、上段の間には白紗綾《さや》の小袖《こそで》に白無垢《むく》を重ねた源氏天一坊が座っていた。

「公儀関東郡代伊奈半左衛門どのにございます」

直井は、伊奈を上段の間の天一坊に引き合わせた。

まるで拝謁するかのようだ……。

伊奈は、不快感を覚えた。

「源氏天一坊にございます」

天一坊は、若々しい声で屈託なく名乗った。

「源氏天一坊どのですか……」

伊奈は念を押した。

「如何にも、左様にございます」

天一坊は微笑み、頷いた。

「生国は何れにございますかな……」

伊奈半左衛門は、天一坊を見据えた。

「私は赤子の頃に父と離れ、三歳で母に死なれ、その後は修験者によって育てられましてな。元は紀州和歌山の者と聞いているが、何分にも幼き頃の事で確《しか》とは覚えておらぬ。そして、今は秋葉《あきば》の修験者となっている」

天一坊は、笑みを絶やさず淀《よど》みなく答えた。

「左様か。ならば、何故に上段の間に……」

伊奈は、厳しく見据えた。

「伊奈どの。見た処、私は若くつまらぬ山伏に過ぎませぬが、秋葉山伏の中での位は高く、関八州《かんはっしゅう》には配下の山伏も多く、それらの者と対面する時、上段の間に座って応対するのが作法。それだけの事です」

天一坊は、戸惑った面持ちで伊奈に笑い掛けた。

「天一坊どの、拙者は直参旗本、修験者ではない……」

伊奈は、厳しく云い放った。

「それは気付かぬ事を……」

天一坊は、苦笑いをして僅かに頭を下げた。

「ならば去年以来、浪人を大勢召し抱えたのは如何なる存念かな」

伊奈は、続けて天一坊に尋ねた。

「それは存ぜぬが、赤川……」

天一坊は、家老の赤川大膳を一瞥した。

「伊奈さま、拙者は源氏天一坊さまが家老の赤川大膳にございます」

「赤川大膳どのか……」

「はい。拙者の知る限り、浪人を大勢召し抱えた事実はございませぬ」

赤川大膳は告げた。

「まことかな……」

伊奈は、赤川を見据えた。

「はい。此度《こたび》、天一坊さま御出府となり、召使いの者を四、五人雇いましたが、それだけの事にございます」

赤川は、伊奈を見返した。

「それだけの事だと……」

伊奈は眉をひそめた。

「伊奈さま、源氏天一坊さまは上様、八代将軍吉宗公の御落胤にございます」

赤川は、伊奈を見据えて告げた。

「上様御落胤……」

伊奈は、戸惑いを浮かべた。

「い、伊奈さま……」

遠山は驚き、狼狽えた。

「赤川……」

天一坊は、赤川に声を掛けた。

「はっ……」

「伊奈どのは、様々な疑念をお持ちのようだ。御納得戴けるよう、何事も包み隠さず話すのですな。では、私は此で……」

天一坊は、上段の間から立ち去った。

近習頭の矢島主計が、素早く追った。

伊奈は見送った。

「伊奈さま……」

赤川は冷笑を浮かべた。

「赤川どの、源氏天一坊どのが上様御落胤と申す確かな証《あかし》はあるのかな……」

伊奈は苦笑した。

「云われる迄もなく……」

赤川は頷いた。

「宜しい。ならば後日、源氏天一坊どの御自身に上様御落胤との確かな証を郡代屋敷に持参して戴こう」

伊奈は告げた。

「後日、郡代屋敷に……」

赤川は、戸惑いを浮かべた。

「如何にも。紀州においでになった頃の上様を良く知る御方をお招き致す」

伊奈は笑った。

「そ、それは……」

赤川は眉をひそめた。

「赤川どの、上様御落胤が嘘偽りならば、天下の大罪。打首獄門は免れぬ。覚悟して参られよ。では……」

伊奈は、遠山と共に奥座敷を立ち去った。

留守居役の直井外記が、見送りに続いた。

「赤川どの……」

用人の南部権太夫は眉をひそめた。

「関東郡代伊奈半左衛門、中々の役者だ」

赤川は苦笑した。

「うむ。どうやら、天一坊さまが上様御落胤を名乗っているのを知っていたようだな」

「左様。何もかも、公儀の裏で秘かに動いている者の仕業だろう」

赤川は睨んだ。

「で、どうする……」

南部は、赤川の出方を窺った。

「邪魔はさせぬ……」

赤川は、怜悧な笑みを浮かべた。

赤川大膳は、関東郡代伊奈半左衛門を邪魔者として始末しようとしている。

喬四郎は睨んだ。


伊奈半左衛門は、用人の遠山軍太夫たち役人を従えて常楽院を出て行った。

才蔵は、物陰から見送った。

四人の修験者が、常楽院の裏門から現れた。

才蔵は眉をひそめた。

四人の修験者は、伊奈半左衛門と遠山たちを追った。

「才蔵……」

喬四郎が現れた。

「喬四郎さま……」

「奴らは伊奈半左衛門の闇討ちを企てている。食い止めろ」

喬四郎は命じた。

「承知……」

才蔵は、四人の修験者を追った。

喬四郎は見送った。

源氏天一坊は、幼い頃に母親を亡くして修験者に育てられ、今日に至っている。

もし、それがまことなら、亡くなった母親はどのような素性の者なのか……。

源氏天一坊が吉宗御落胤と云う確かな証とは何なのか……。

そして、家老の赤川大膳たちは、源氏天一坊を吉宗の御落胤として大名に出来ると、本当に思っているのか……。

喬四郎は想いを巡らせた。

万が一、御落胤が本当だったとしても大名に取立てられるのは容易な事ではない。

それを知らぬ赤川大膳ではない筈だ。

ならば何故……。

喬四郎は、疑念を抱かずにはいられなかった。

企みの狙いは、大名に取立てられる以外にあるのか……。

喬四郎の疑念は募った。
常楽院は、関東郡代伊奈半左衛門が引き上げ、結界の緊張感は僅かに緩んでいた。
塗笠を被った武士が、裏門から出て来た。
喬四郎は、物陰から見守った。
武士は塗笠を僅かにあげ、警戒するように辺りを見廻《みまわ》した。
近習頭の矢島主計だ。
喬四郎は、塗笠を被った武士を近習頭の矢島主計だと見定めた。
矢島主計は、常楽院から離れて足早に目黒川に向かった。
何処に行く……。
喬四郎は、矢島主計を追った。

目黒川は、緑の田畑の中を緩やかに流れていた。
矢島主計は、尾行を警戒して時々振り返り、目黒川沿いの道を西に進んだ。
西に進めば、目黒、白金《しろかね》に通ずる。
喬四郎は、矢島主計を慎重に尾行《つけ》た。
矢島主計は、源氏天一坊に仕える者の中でも若かった。

風が吹き抜け、緑の田畑は左右に大きく揺れ、目黒川の流れは煌めいた。

矢島は大崎《おおさき》村に入った。

田畑の中に陸奥《むつ》国《のくに》仙台《せんだい》藩や備前国《びぜんのくに》岡山《おかやま》藩の江戸下屋敷が眺められた。

矢島は、目黒川沿いの道を尚《なお》も進んだ。

喬四郎は、田畑の緑の中を追った。

目黒川沿いに大和国《やまとのくに》柳生《やぎゅう》藩や肥後国《ひごのくに》熊本《くまもと》藩の江戸下屋敷が連なり、行人《ぎょうにん》坂と太鼓《たいこ》橋が見えた。

行人坂から太鼓橋には、金毘羅《こんぴら》大権現《だいごんげん》や目黒不動の参詣《さんけい》人が行き交っていた。

矢島主計は、太鼓橋の袂に出て目黒不動に向かった。

喬四郎は追った。

矢島は中目黒町の角を曲がり、下目黒町の手前の道を目黒不動の裏手に進んだ。

目黒不動瀧泉寺《りゅうせんじ》の裏手は、鬱蒼《うっそう》たる雑木林に囲まれていた。

矢島主計は、雑木林沿いの小道を進んだ。

小道の行く手には、垣根に囲まれた小さな庵《いおり》があった。

矢島は、垣根の木戸を潜って小さな庵の庭先に廻って行った。

喬四郎は見届けた。

誰が住んでいるのか……。

喬四郎は、小さな庵の庭先に廻った。


小さな庵の縁側には、矢島主計が白髪髭《ひげ》の老人と一緒にいた。

喬四郎は、植込みの陰に忍んで矢島と老人を見守った。

「そうか、天一坊、江戸に出て来たか……」

老人は、長く伸びた白髪眉をひそめた。

「はい……」

矢島は頷いた。

「ならば主計、常楽院は例の企てを……」

老人は、老いた顔に厳しさを浮かべた。

「はい。尭仙院《ぎょうせんいん》さまが隠遁《いんとん》されたのを見計らったかのように……」

矢島は告げた。

「愚かな真似を……」

尭仙院と呼ばれた老人は吐き棄てた。

「はい。公儀が赤川大膳の目論見《もくろみ》通りに動く程、甘くはありませぬ。此のまま事を進めれば、天一坊さまは……」

「主計、いざと云う時は、儂《わし》が公儀に訴え出よう。案じるな……」

尭仙院は、矢島を安心させるように老顔を綻《ほころ》ばせた。

「老師……」

矢島は、尭仙院に両手をついて頭を下げた。

喬四郎は、矢島と尭仙院の遣《や》り取りを見守った。そして、矢島と尭仙院が赤川大膳たちの天一坊を使った企てに批判的なのを知った。

人の気配……。

喬四郎は、垣根の外の雑木林を見た。

雑木林に修験者が潜んでいた。

赤川大膳の手の者……。

喬四郎は、修験者の素性を読んだ。

修験者は、おそらく赤川大膳に命じられて隠遁した尭仙院を見張っていたのだ。

それは、赤川大膳が尭仙院の隠遁場所を知っている証なのだ。

どうする……。

修験者を始末するのは容易《たやす》い。だが、下手に始末すれば、矢島主計と尭仙院が疑われてその身に危険が及ぶ。

今は見守る……。

喬四郎は決めた。

関東郡代屋敷は、大禍時の青黒さに覆われた。

伊奈半左衛門は、上様御側御用取次《おそばごようとりつぎ》の加納久通《かのうひさみち》に書状を届けるように用人の遠山軍太夫に命じた。

書状には、上様御落胤と称する天一坊に逢った事と話の内容が書き記されていた。

遠山は、書状を持って関東郡代屋敷を出て行った。

関東郡代屋敷の周囲に響いていた虫の音が止んだ。

修験者共が動いた……。

才蔵は、忍び装束に身を固めて郡代屋敷の屋根に立った。

四人の修験者が現れ、庭を横切って母屋の明かりの灯《とも》されている座敷に忍び寄った。

明かりの灯されている座敷は、伊奈半左衛門の居室だ。

下手な闇討ちだ……。

才蔵は苦笑した。

修験者たちは、金剛杖に仕込んだ刀を抜いて母屋の座敷の濡縁《ぬれえん》にあがろうとした。

刹那、才蔵は手裏剣を放った。

先頭の修験者は、太股《ふともも》に手裏剣を受けて思わず膝《ひざ》をついた。

残る修験者たちは、伊奈半左衛門闇討ちが見破られたのに気付いた。そして、太股に手裏剣を受けた仲間を連れ、慌てて庭に戻った。

才蔵は追った。


四人の修験者は、関東郡代屋敷の裏手の雑木林に逃れた。

「大丈夫か……」

修験者たちは、太股から血を流している仲間の傷の手当てを始めようとした。

「無駄な真似だ……」

才蔵の囁きが、雑木林に低く響いた。

四人の修験者たちは狼狽え、仕込刀を抜いて身構えた。

刹那、才蔵が頭上の木の梢《こずえ》から飛び降りて来て忍び刀を縦横に振るった。

刀の閃きが走り、血が飛び、修験者たちが次々に斃れた。

才蔵は、四人の修験者を容赦なく皆殺しにした。

忍びの者が絡んでいると知られずに済ますには、皆殺しにするしかない。

情け容赦は無用、殺《や》らなければ殺られるだけだ……。

才蔵は非情さに徹し、関東郡代伊奈半左衛門闇討ちを食い止めた。


近習頭矢島主計は、日暮れ前に常楽院に帰って来た。

喬四郎は見届けた。

尭仙院を見張る修験者は、今も目黒不動裏の雑木林に潜んでいる筈だ。

何れにしろ矢島は、家老赤川大膳の天一坊を使った企てに納得をしていないのだ。

そして、それは目黒不動裏の庵に住む老師こと尭仙院も同様なのだ。

老師尭仙院とは何者なのか……。

天一坊との拘りは……。

何れにしろ、赤川大膳が見張りを付けているからには、意に沿わぬ危ない者と思っているのに間違いない。

喬四郎は読んだ。

常楽院は夜の静けさに沈んだ。
喬四郎は見張った。
留守居役の直井外記が出て来た。
直井は出て来た常楽院を窺い、足早に東海道に向かった。
誰かと秘かに逢うのか……。
喬四郎は追った。
直井は、東海道に出る前に頭巾を被った。
何処に行くのだ……。
喬四郎は見守った。
東海道に旅人はいなく、岡場所の賑わいがあった。
直井は、岡場所に向かった。
女……。
喬四郎は、思わず笑みを浮かべた。

品川には、新宿《しんじゅく》、板橋《いたばし》、千住《せんじゅ》、深川《ふかがわ》と並ぶ岡場所がある。
直井外記は、岡場所に連なる女郎屋『松葉楼《まつばろう》』の暖簾《のれん》を潜った。
馴染《なじみ》だ……。
喬四郎は、慣れた様子で女郎屋『松葉楼』にあがる直井を笑った。
直井は、厚化粧の年増《としま》女郎の肩を抱いて部屋に消えた。
喬四郎は、女郎屋『松葉楼』に忍び込んだ。
女郎屋『松葉楼』は、女郎と客の密《ひそ》やかな囁きと愉悦の声に満ちていた。
喬四郎は、直井と年増女郎の部屋に向かった。

第四章　傀儡師成敗

一

行燈《あんどん》の明かりは仄《ほの》かに部屋を照らしていた。

留守居役直井外記は愉悦の時を終え、裸で眠る年増女郎を抱いて鼾《いびき》を掻《か》いていた。

部屋の隅の暗がりに、忍び姿の喬四郎が忍んでいた。

喬四郎は、直井と年増女郎の寝息を窺《うかが》って眠っているのを確かめた。そして、年増女郎に近付き、眠り薬を染み込ませた手拭《てぬぐい》で口と鼻を覆った。

年増女郎は、鼾を掻いて一段と深い眠りに陥った。

喬四郎は、眠っている直井外記の頬を苦無《くない》の平地《ひらじ》で小さく叩《たた》いた。

直井外記は、眼を覚まして跳ね起きようとした。

喬四郎は、直井を押さえ付け、苦無の刃を喉元《のどもと》に押し当てた。

直井は、息を呑《の》んで仰《の》け反った。

「直井外記……」

喬四郎は囁《ささや》いた。

直井は凍《い》て付いた。

「源氏天一坊の素性を教えて貰《もら》おう」

「天一坊の素性……」

「そうだ。天一坊の素性だ……」

喬四郎は、直井の喉元に当てた苦無の刃を僅《わず》かに横に引いた。

血が赤い糸のように湧いた。

「云う……」

直井は、恐怖に声を震わせた。

「聞かせて貰おう……」

「俺も用人の南部権太夫から聞いた話なのだが、天一坊は紀州田辺のよしと云う名の女の子供だそうだ……」

直井は、血に汚れた喉仏を苦しげに痙攣《けいれん》させた。

「紀州田辺のよしか……」

「ああ……」

「ならば、天一坊の父親は……」

「し、知らぬ……」

「知らぬだと……」

「ああ。よしは和歌山藩家中の者の屋敷に奉公していた時、出入りしていた主筋の若侍の寵愛《ちょうあい》を受けて身籠《みご》もり、金を与えられて郷里の田辺に帰った……」

「で……」

喬四郎は、話の先を促した。

「よしは男の子を生んだ」

「それが天一坊か……」

喬四郎は、天一坊の素性を知った。

「そうだ。幼き時は半之助《はんのすけ》と呼ばれていたが、三歳の時、母親よしが病で亡くなり、知り合いの修験者に引き取られた……」

「知り合いの修験者……」

喬四郎は眉《まゆ》をひそめた。

「ああ……」

「その修験者、ひょっとしたら尭仙院と云う者ではないのか……」

喬四郎は読んだ。

「確かそのような名前だった筈《はず》だ」

直井は頷《うなず》いた。

「ならば、半之助はその後、尭仙院に育てられたのか……」

「うむ。天一坊と名を変えてな」

「天一坊か……」

尭仙院は、天一坊の育ての親だった。

喬四郎は、天一坊と尭仙院の拘りを知った。

「ああ……」

「その天一坊が吉宗公の御落胤《ごらくいん》だと、誰が云いだしたのだ」

「赤川大膳だ……」

「赤川大膳……」

「ああ。赤川大膳、元は常楽院と云う修験者で尭仙院の弟子だ」

「赤川大膳は尭仙院の弟子……」

「そうだ。そして、尭仙院は隠遁《いんとん》する事になり、天一坊を弟子の常楽院に預けた」

「それで、常楽院か……」

「うむ。で、常楽院は天一坊の母親よしの奉公先に出入りしていた主筋の若侍が吉宗であり、天一坊は御落胤だと云い出し、修験者常楽院である事を辞め、赤川大膳と名乗った」

「そして、仕官を望む浪人たちに、大名に取立てられると囁き、金を巻き上げたか……」

「左様。何もかも赤川大膳こと常楽院と用人の南部権太夫たちの企てだ」

「直井、片棒を担いでお零《こぼ》れを頂戴《ちょうだい》して来たお前も同罪だ」

喬四郎は嘲笑《ちょうしょう》した。

直井は項垂《うなだ》れた。

「して直井、天一坊が吉宗公の御落胤だと云う証《あかし》は何だ」

「そこ迄《まで》は知らぬ……」

直井は、不服げに告げた。

「嘘偽りはないな……」

喬四郎は、直井を厳しく見据えた。

「ああ。本当だ……」

直井は、怯《おび》えを過《よ》ぎらせた。

嘘偽りはない……。

喬四郎は見定めた。

「ならば証が何か知っているのは、赤川大膳だけなのか……」

「ああ……」

直井は頷いた。

天一坊が吉宗御落胤だと云う証があるのなら、尭仙院が知っているのかもしれない。

喬四郎は睨《にら》んだ。

眠り込んでいる年増の女郎が呻いた。

此迄だ……。

喬四郎は、潮時を知った。

「直井、女郎を抱いていて襲われたと知られたくなければ、今夜の事は忘れるのだな」

喬四郎は冷たく告げた。

「い、云われる迄もない……」

直井は、安堵《あんど》の笑みを微《かす》かに浮かべた。

「ならば……」

喬四郎は、眠り薬を染み込ませた手拭で直井の口と鼻を押さえた。

直井は踠《もが》き、やがて力なく眠り込んで鼾を掻き始めた。

喬四郎は苦笑し、鼾を掻いて眠る直井と年増女郎を残して立ち去った。

薄暗い部屋には、直井と年増女郎の鼾が満ち溢《あふ》れた。


「紀州田辺のよし……」

吉宗は眉をひそめた。

「はい。紀州和歌山藩家中の者の屋敷に奉公していて、出入りをしていた主筋の若い武士の寵愛を受けて身籠り、生まれたのが天一坊だと……」

喬四郎は告げた。

「主筋の若い武士か……」

吉宗は苦笑した。

「はい……」

「和歌山藩家中の者とは、おそらく加納久通の屋敷だろう」

「では……」

「うむ。余は部屋住みの頃、守役《もりやく》だった加納久通の屋敷に良く出入りをしていた」

吉宗は、主筋の若い武士が自分だと認めた。

「ならば……」

「その時、加納の屋敷に奉公していたよしなる娘に情けを掛けたのは間違いない」

吉宗は認めた。

「左様にございますか……」

天一坊は、やはり吉宗の御落胤なのか……。

喬四郎は緊張した。

「だが、よしは身籠ってはいなかった筈だ」

吉宗は眉をひそめた。

「上様……」

「それだけは間違いない」

吉宗は、喬四郎を見据えて告げた。

嘘偽りはない……。

「はい……」

喬四郎は信じた。

「よしは父親に呼び戻されて田辺の実家に帰った。その時、余は加納に命じ、よしにそれなりの金を持たせた」

部屋住みの吉宗が、よしにしてやれる事は金を渡すぐらいしかなかった。

「他には……」

喬四郎は、吉宗が御落胤の証となるような物をよしに渡さなかったか知りたかった。

「何も渡してはいない……」

吉宗に迷いや躊躇《ためら》いはなかった。

「ですが、赤川大膳は天一坊には御落胤の証があると……」

「喬四郎、赤川大膳、たとえ落胤であっても容易に大名になれるなどと、本気で思っている筈はない」

吉宗は苦笑した。

「ならば……」

「落胤の証なる物を作り、高値で買い取らせるのが本当の狙い……」

吉宗は読んだ。

「証を買い取らせる」

喬四郎は戸惑った。

「仕官を餌に浪人を誑《たぶら》かし、金を騙《だま》し取った赤川大膳、所詮《しょせん》は金だ」

吉宗は、赤川大膳の狙いを金だと睨んだ。

「成る程……」

赤川大膳の狙いは金……。

喬四郎は、吉宗の読みに頷いた。

吉宗は、加納家に奉公していたよしとの拘りは認めた。だが、天一坊が御落胤だとは認めなかった。

「そうか、源氏天一坊なる者、あのよしの子なのか……」

吉宗は、遠い昔を懐かしむかのように眼を細めた。

「上様……」

「喬四郎、伊奈半左衛門の加納久通への書状は読んだ」

「はい……」

「伊奈には、天下を騒がそうとする者共として捕縛するように命じた」

「捕縛……」

「左様。だが、赤川大膳と主だった者共に容赦は無用。秘《ひそ》かに成敗致せ」

吉宗は命じた。

「ならば、天一坊も……」

喬四郎は眉をひそめた。

「仕方があるまい。要らざる情けは禍根を残し、世を乱す……」

吉宗は、己に云い聞かせるように厳しく云い放った。

「心得ました」

喬四郎は平伏した。

吉宗は、四阿《あずまや》を出て御休息御庭から立ち去って行った。

喬四郎は見送った。

去って行く吉宗の背には、微かな淋《さび》しさが浮かんで直ぐに消えた。

助ける……。

喬四郎は、不意にそう思った。

微風は、御休息御庭を心地好く吹き抜けた。

「ならば、天一坊は偽者……」

才蔵は眉をひそめた。

「うむ。上様のお言葉だ……」

喬四郎は頷いた。

「信じられますか……」

「上様が私情を棄てている限り、信じるしかあるまい」

喬四郎は告げた。

「うむ。天下の為にな……」

喬四郎は、御休息御庭を立ち去って行く吉宗の背を思い出した。

「そうですか。して、信じてどうします」

「赤川大膳を始めとした者共を成敗する」

「天一坊も……」

「きっとな……」

喬四郎は小さく笑った。

「才蔵、関東郡代伊奈半左衛門は明日にでも赤川大膳共を召し捕るだろう。それ迄に何もかも片付ける」

喬四郎は云い放った。

護摩壇の火は燃えた。

「臨、兵、闘、者、皆、陣、列、在、前……」

天一坊は、護摩木を焚《た》いて一心不乱に護身の呪文《じゅもん》を唱えていた。

護摩堂の控えの間には、天一坊の護身の呪文が聞こえていた。

近習頭の矢島主計は、控えの間に詰めて天一坊の呪文に浸っていた。

老師、尭仙院によれば、将軍吉宗は赤川大膳が太刀打ち出来る程、生易しい人物ではない。

天一坊は、尭仙院と共に己を育ててくれた赤川大膳こと常楽院に義理立てをしている。

此《こ》のままでは、天一坊は赤川大膳と云う傀儡師《くぐつし》に操られたまま滅び去る人形でしかない。

矢島は、天一坊の身を心配した。

薄暗い控えの間に微風が揺れた。

矢島は、背後に微かな異変を感じて振り返ろうとした。

刹那《せつな》、背後から喉元に苦無が当てられた。

矢島は凍て付いた。

「騒ぐな……」

忍び姿の喬四郎が、矢島の背後を取って苦無を突き付けていた。

「矢島、公儀はたとえ御落胤であっても踏み潰《つぶ》すと決めた」

喬四郎は囁いた。

「何……」

「天一坊を連れて目黒に逃げろ」

「お、おぬし……」

矢島は、忍びの者の言葉に戸惑った。

「此度《こたび》の件の絵図を描いて操る傀儡師は、赤川大膳こと常楽院。天一坊は只《ただ》の操り人形と知れている。だが、此のままでは、天一坊はすべての責めを負わされ、処刑される」

喬四郎は、戸惑う矢島に構わず、天一坊の置かれた厳しい立場を告げた。

「やはり……」

矢島は、喬四郎の言葉に思わず頷いた。

「赤川共に気付かれぬ内に、天一坊を秘かに目黒の尭仙院の庵《いおり》に逃すのだ」

喬四郎は、厳しく命じた。

「おぬし、何故に……」

矢島は眉をひそめた。

「そんな事より、天一坊の身を案じるのなら急げ……」

喬四郎は、天一坊が祈禱《きとう》している護摩堂を示し、素早くその場から立ち去った。

矢島は迷った。

護摩堂から、天一坊の振り絞るような呪文が洩《も》れ続けた。

半刻《はんとき》が過ぎた。

常楽院の裏門が開き、二人の修験者が出て来た。

二人の修験者は辺りを窺い、足早に目黒川に向かった。

近習頭の矢島主計と天一坊だ。

喬四郎は才蔵を残し、塗笠《ぬりがさ》を目深に被《かぶ》って追った。

矢島は喬四郎の言葉を信じ、天一坊を目黒の尭仙院の許《もと》に連れて行く決心をしたのだ。

喬四郎は、天一坊と矢島が無事に尭仙院の許に行くのを見届ける事にした。

矢島と天一坊は、緑の田畑の中を流れる目黒川沿いの道を目黒に急いだ。

喬四郎は、田畑を伝って二人を追った。


「何、天一坊と矢島が出掛けただと……」

赤川大膳は眉をひそめた。

「うむ。先程、修験者の姿でな。どうする」

目付の高橋伊右衛門は、赤川大膳の指図を仰いだ。

「行き先はおそらく目黒の尭仙院の処だ。追手を掛けて連れ戻せ」

赤川は命じた。

「心得た」

高橋は頷いた。

「よし、俺も行こう」

番頭の福島右衛門が立ち上がった。

目付の高橋伊右衛門と番頭の福島右衛門は、配下を従えて天一坊と矢島主計を追った。

赤川大膳は、用人の南部権太夫、徒頭の本多刑部左衛門、留守居役の直井外記たちと常楽院に残った。

直井外記は、微かな不安を感じた。

何故だ……。

直井は、女郎屋での事を思い出して秘かに狼狽《うろた》えた。

公儀の関東郡代伊奈半左衛門の他に、何者かが秘かに動いている。

危ない……。

直井は、狡猾《こうかつ》な獣のように迫り来る危険なものを感じた。

「では、拙者は公儀の出方を窺って参ろう」

直井は座を立った。

「うむ。直井、伊奈半左衛門の動きを見定めて来てくれ」

赤川は指示した。

「心得た……」

直井は頷き、座を立った。

此迄だ、未練はない……。

直井外記は、禍《わざわい》を察知して逸早《いちはや》く逃げる小さな獣のように金だけを持って常楽院を出た。

そして、二度と戻るつもりのない常楽院に嘲笑を浴びせて東海道に向かった。

何処に行く……。

才蔵は物陰から現れ、足早に去って行く直井外記を追った。

二

空は蒼《あお》く、大崎村の緑の田畑には小鳥の囀《さえず》りが響いていた。

目黒川は煌《きら》めきながら流れていた。

天一坊と矢島主計は、目黒川沿いの道を目黒に急いだ。

喬四郎は、目黒川沿いの道を振り返った。

目黒川沿いの道に、僅かな土埃《つちぼこり》があがっていた。

喬四郎は、僅かにあがっている土埃を眺めた。

二人の塗笠を被った武士が、修験者たちを率いて足早に来るのが見えた。

追手だ……。

赤川大膳は、天一坊と矢島主計が逐電したのに気付き、追手を掛けたのだ。

来たか……。

喬四郎は苦笑した。

二人の塗笠を被った武士は、目付の高橋伊右衛門と番頭の福島右衛門……。

喬四郎は見定めた。

高橋と福島は、先を行く天一坊と矢島に気付き、修験者たちを率いて猛然と走った。

天一坊と矢島は逃げた。だが、追い縋《すが》った修験者たちに取り囲まれた。

矢島は、天一坊を後ろ手に庇《かば》って身構えた。

「矢島、天一坊さまを何処に連れて行く」

目付の高橋は咎《とが》めた。

「邪魔をするな」

矢島は、怒りを浮かべた。

「黙れ……」

高橋は一喝した。
「さあ、天一坊さま、我らと共に常楽院にお戻りを……」
番頭の福島は、天一坊に笑い掛けた。
「下がれ」
矢島は、福島に斬り付けた。
福島は、抜き打ちに矢島の刀を払った。
矢島はよろめいた。
「矢島を斬り棄て、天一坊さまを捕えろ」
福島は、修験者たちに命じた。
修験者たちは、金剛杖《こんごうづえ》の仕込刀を抜いて矢島と天一坊に殺到した。
刹那、先頭の修験者たちは、飛来した手裏剣を受けて倒れた。
高橋、福島、修験者たちは戸惑った。
宙を跳んで現れた喬四郎が、修験者たちを抜き打ちに斬り棄てた。
修験者たちは、驚きながらも喬四郎に斬り掛かった。
砂利が弾《はじ》け、草が千切れ、土埃が舞い、血が飛び散った。
修験者たちは次々に倒れた。

「おのれ、何者……」
番頭の福島は、怒りを露《あら》わにして喬四郎に猛然と斬り掛かった。
喬四郎は後退せず、鋭く踏み込んで刀を一閃《いっせん》した。
閃光《せんこう》が瞬いた。
福島は首の血脈を斬られ、噴き出す血を振り撒《ま》いて倒れた。
目付の高橋と修験者たちは怯《ひる》んだ。
喬四郎は、冷笑を浮かべて高橋と修験者たちに迫った。
高橋は後退《あとずさ》りし、身を翻した。
喬四郎は、斬られて倒れている修験者の仕込刀を取り、逃げる高橋に投げた。
仕込刀は煌めいて飛び、逃げる高橋の背に突き刺さった。
高橋は大きく仰け反り、前のめりに倒れた。
土埃が舞った。
修験者たちは逃げ去った。
小鳥の囀りが、緑の田畑に再び響き始めた。
「先を急ぐぞ……」
喬四郎は、天一坊と矢島を促した。

小鳥の囀りが響く大崎村の緑の田畑は長閑《のどか》だった。

目黒不動の裏にある庵では、尭仙院が小さな畑の手入れをしていた。

「尭仙院さま……」

天一坊は、懐かしげに尭仙院の許に行こうとした。

喬四郎は制した。

天一坊と矢島は戸惑った。

喬四郎は、庵の前の雑木林の一隅を示した。

雑木林の一隅には、見張りの修験者が潜んでいた。

「あの者は……」

矢島は眉をひそめた。

「赤川の放った見張りだ」

喬四郎は教えた。

「ならば、尭仙院さまの事は……」

天一坊は案じた。

「既に赤川大膳に知れている。だから、尭仙院に事の次第を話し、一緒に江戸を出るのだ」

　喬四郎は命じた。

「しかし、見張りの者は……」

　天一坊は、見張りの修験者を見詰めた。

「案ずるな。さあ、尭仙院の許に行け」

　喬四郎は微笑んだ。

「おぬしは……」

　天一坊は、喬四郎に感謝の眼を向けた。

「私か、私は江戸の御庭番……」

　喬四郎は、天一坊と矢島を残して雑木林に入って行った。


　尭仙院の野良仕事は続いた。

　修験者は、雑木林に潜んで尭仙院を見張り続けていた。

「老師、尭仙院さま……」

　天一坊と矢島が現れた。

　見張りの修験者は眉をひそめ、刀を仕込んだ金剛杖を握り締めた。

刹那、背後に現れた喬四郎が修験者の口を覆い、苦無を心の臓に突き刺した。

修験者は悲鳴をあげたり、呻《うめ》き声を洩らす暇もなく絶命した。

喬四郎は、修験者の死体を茂みに隠した。

天一坊と矢島は、既に尭仙院と共に庵に入っていた。

一刻も早く江戸を出るが良い。

利用しようとする赤川大膳たちは勿論《もちろん》、公儀から逃れる為に……。

喬四郎は、庵を一瞥《いちべつ》して雑木林を後にした。


「何、高橋伊右衛門と福島右衛門が……」

赤川大膳は眉をひそめた。

「ええ。配下の者が駆け戻り、得体の知れぬ侍に斬り棄てられたと……」

徒頭の本多刑部左衛門は、厳しい面持ちで報《しら》せた。

「得体の知れぬ侍……」

赤川は戸惑った。

「ええ。得体の知れぬ侍は、天一坊を捕えようとした時、現れたそうです。ひょっとしたら、天一坊が秘かに用心棒を雇っていたのでは……」

本多は読んだ。

「いや。それはあるまい……」

赤川は、本多の読みを否定した。

「赤川さま、ならば、公儀の手の者ではないでしょうか……」

本多は睨んだ。

「公儀の手の者……」

「はい……」

「だが、公儀の手の者なら己の身を晒《さら》して天一坊を助けるかな……」

赤川は読んだ。

「赤川さま……」

「本多、何《いず》れにしろ得体の知れぬ侍は、高橋と福島を斃《たお》して天一坊を助けた」

「ええ。それから天一坊と矢島、それに得体の知れぬ侍、何処に行ったのか……」

本多は首を捻《ひね》った。

「得体の知れぬ侍は分からぬが、天一坊と矢島は、おそらく目黒不動の裏にいる尭仙院の許に行ったのだ」

「尭仙院……」

「うむ。孤児になった天一坊の最初の育ての親でな。私の師だ……」

「赤川さまの師……」

「左様。五年前、天一坊を弟子の私に預けて隠遁された」

赤川は薄笑いを浮かべた。

「では、天一坊はその尭仙院の許に……」

「うむ。尭仙院には見張りを付けてある。何かあれば、報せが来る筈……」

赤川は、厳しさを滲《にじ》ませた。

常楽院の結界に緩みが窺われた。

「目付の高橋と番頭の福島が死に、残る主だった者は、家老の赤川大膳、用人の南部権太夫、徒頭の本多刑部左衛門の三人か……」

才蔵は、隣の寺の本堂の大屋根に忍んで常楽院を眺めた。

「留守居役の直井外記はどうした」

喬四郎は尋ねた。

「二刻程前に出て行った……」

「何処に行ったのだ」

喬四郎は気になった。

「松葉楼と云う女郎屋だ……」

才蔵は苦笑した。

「松葉楼……」

松葉楼は、直井の馴染の年増女郎のいる女郎屋だ。

「ああ。おそらく二度と常楽院には戻らぬつもりだろう」

才蔵は読んだ。

「うむ……」

喬四郎は、才蔵の読みに頷いた。

直井外記は、赤川大膳の企てに見切りを付けたのだ。

所詮、金だけで結び付いている奴らだ。忠義心は云うに及ばず、義理や人情がある筈もない。

喬四郎は笑った。

「それにしても赤川大膳、天一坊に逃げられてどうするつもりかな」

才蔵は首を捻った。

「天一坊を大名に押し立てる企てが失敗した今、浪人たちから騙《だま》し取った金を持って逃げるしかあるまい」

喬四郎は読んだ。

「所詮は騙《かた》り者か……」

才蔵は苦笑した。

「ああ……」

喬四郎は頷き、微かな緊張を滲ませた。

関東郡代伊奈半左衛門が馬に乗り、用人の遠山軍太夫たち大勢の武装した役人を従えてやって来た。

「伊奈半左衛門、上様の指図通り容赦なく片付けるつもりか……」

喬四郎は、大勢の武装した役人たちに眉をひそめた。

常楽院の結界が揺れた。

大勢の武装した役人たちに気付き、激しく動揺したのだ。

伊奈半左衛門は、常楽院の閉じられた山門の前で采配《さいはい》を振った。

大勢の武装した役人たちは、常楽院を取り囲むように展開した。

伊奈は、遠山に目配せをした。

遠山は進み出た。

「源氏天一坊及び浪人赤川大膳と一味の者共。騙りを働き、天下を誑かし、騒がそうとした罪は重い。神妙に縛に付け……」

遠山は、常楽院に向かって大声で告げた。

常楽院から返事はなかった。

「伊奈さま……」

「おのれ。遠山、容赦は無用だ。掛かれ」

伊奈は命じた。

「はっ……」

遠山は、武装した役人たちに合図した。

武装した役人たちは、常楽院の土塀に次々と梯子《はしご》を掛けて駆け上った。

結界が激しく乱れた。

常楽院から男の怒声と呻き声があがった。

土塀を乗り越えた役人たちが、内側から山門を開けた。

武装した役人たちが雪崩《なだ》れ込んだ。

「才蔵、騒ぎに乗じて赤川大膳たちを始末する……」

喬四郎は笑った。

「心得た」

才蔵は頷いた。

喬四郎は、隣の寺の本堂の大屋根を蹴《け》った。

常楽院の結界は、大勢の武装した役人の力押しの前に崩れた。

結界を張っていた修験者たちは、必死に抗《あらが》い闘った。

役人たちは、一人の修験者に数人掛かりで立ち向かい、容赦なく叩き伏せて捕縛した。

修験者たちは必死に闘った。だが、大勢の役人たちは交代しながら襲い掛かった。

修験者たちは押された。

役人たちは、参道の左右の宿坊にいた修験者たちを打ちのめし、次々に捕縛していった。

「おのれ……」

徒頭の本多刑部左衛門は、配下の修験者たちを率いて猛然と暴れた。

役人たちは斬られ、手傷を負って後退した。

「捕まってたまるか、斬り抜けてくれる」

本多は、血に濡《ぬ》れた刀を振り廻《まわ》した。
鋒《きつさき》から血が飛び散った。
「引け……」
遠山が叫んだ。
役人たちが一斉に後退し、代わりに弓隊が現れて本多に矢を向けた。
本多は怯んだ。
「放て……」
遠山は命じた。
弓隊は一斉に矢を放った。
何本もの矢が唸《うな》りをあげて飛び、本多の全身に突き刺さった。
本多は全身に矢を受けて苦しく呻き、血塗《ちまみ》れの刀を落とした。
役人たちが殺到した。
本多は顔を歪《ゆが》め、最期を迎えた獣のような咆吼《ほうこう》をあげた。
方丈には、修験者と役人たちの闘う声が響いていた。
赤川大膳を斬り棄て、御落胤源氏天一坊の一件を闇の彼方《かなた》に葬る。

真実も嘘偽りも、何もかもを……。
それが、江戸の御庭番倉沢喬四郎に与えられた密命なのだ。
喬四郎は、才蔵を裏手に走らせ、赤川大膳を捜して方丈に忍び込んだ。
方丈は薄暗く、人影はなかった。
だが、殺気は溢れんばかりだ……。
喬四郎は苦笑し、方丈の廊下に踏み込んだ。
修験者が現れ、喬四郎に鋭く斬り付けた。
喬四郎は、修験者の刀を素早く躱《かわ》して体を入れ替えた。
修験者は、下腹に血を滲ませて前のめりに倒れた。
体を入れ替えた喬四郎の手には、血の付いた苦無が握られていた。
襖《ふすま》や障子が蹴倒された。
修験者たちが、刀や手槍《てやり》を構えて現れた。
喬四郎は、手にしていた血の付いた苦無を無雑作に投げた。
血の付いた苦無は、先頭の修験者の胸に音もなく突き刺さった。
胸に苦無を突き刺された修験者は、呆然《ぼうぜん》とした面持ちで仰向《あおむ》けに倒れた。
喬四郎は、赤川大膳の座敷に向かった。

修験者たちは、刀や手槍を煌めかせて喬四郎に襲い掛かった。
手裏剣を投げる距離はない。
喬四郎は、刀を抜き打ちに一閃した。
修験者の一人が脇腹を斬られ、壁に激しく叩き付けられた。
喬四郎は廊下を進んだ。
修験者たちの攻撃は続いた。
喬四郎は斬った。
次々に襲い掛かって来る修験者と闘い、容赦なく斬り棄てた。
方丈は揺れ、襖や障子が破けて倒れ、天井から埃が舞い落ち、壁は崩れた。
喬四郎は、修験者を斬り棄てながら赤川大膳の座敷に踏み込んだ。
赤川大膳は座敷にいなかった。
何処だ……。
喬四郎は、赤川大膳を捜した。だが、赤川大膳は何処にもいなかった。
逃げられた……。
喬四郎は焦った。

関東郡代の役人たちが攻め込んだのか、方丈は大きく揺れて怒号と悲鳴があがった。

役人たちに捕えられる前に赤川大膳を始末し、天一坊の真実を闇の彼方に葬らなければならない。

赤川大膳は何処だ。何処にいる……。

喬四郎は、赤川大膳の隠れそうな処を思い浮かべた。

護摩堂……。

赤川大膳は、護摩堂に潜んでいるのかもしれない。

喬四郎は、護摩堂に走った。

三

護摩壇の火は激しく燃えていた。

喬四郎は、護摩堂の中を見廻した。

護摩壇の火は燃えて揺れ、物陰に蹲《うずくま》っている人影を壁に映した。

赤川大膳……。

喬四郎は、蹲っている人影に飛び掛かった。

蹲っている人影は悲鳴をあげた。

「知らぬ。儂《わし》は何も知らぬ。天一坊の事など何も知らぬ。儂は金で雇われただけだ……」

悲鳴をあげて泣き喚《わめ》いた人影は、用人の南部権太夫だった。

「赤川大膳は何処だ……」

「し、知らぬ……」

南部は、恐怖に声を震わせた。

「南部権太夫……」

喬四郎は、南部の首に刀を突き付けた。

「助けてくれ。儂は本当に何も知らぬ。儂は赤川大膳に用人に雇われただけだ。助けてくれ。此の通りだ」

南部は土下座し、見栄も外聞もなく惨めに命乞《ご》いをした。

「赤川大膳は何処にいる……」

喬四郎は、南部の首に突き付けた刀を僅かに動かした。

血が浮き、滴り落ちた。

「追った。赤川は天一坊を追っていった」

南部は、己の首から滴り落ちる血に動転し、恐怖に激しく震えた。

「天一坊を……」

喬四郎は眉をひそめた。

「ああ。頼む、儂を助けてくれ」

南部は、喬四郎に縋って命乞いをした。

醜い……。

喬四郎は、己の身だけを案じ、無様に命乞いをする南部に怒りを覚えた。

次の瞬間、喬四郎は刀を横薙《よこな》ぎに一閃した。

横薙ぎに一閃された刀は、南部の眼の前で煌めいた。

南部は、恐怖に鋭く衝《つ》き上げられて気を失った。

赤川大膳は、天一坊を追った。

油断した……。

喬四郎は悔み、己を責めた。

関東郡代伊奈半左衛門と配下の役人たちの攻勢は続いた。

徒頭の本多刑部左衛門は斃され、配下の修験者たちも次々と捕縛された。
何れは気を失った南部権太夫も捕えられる筈だ。
喬四郎は、才蔵に事の顚末《てんまつ》を見届けるように命じ、赤川大膳を追って目黒に走った。

緑の田畑は風に揺れ、西日を受けて光り輝いていた。
喬四郎は、目黒に向かって目黒川沿いの道を走った。
天一坊と矢島主計、尭仙院は、赤川大膳が行く前に旅立っていれば良いのだが……。
喬四郎は、目黒不動の裏手にある尭仙院の庵に急いだ。

目黒不動は参拝客で賑わっていた。
裏手の雑木林には、賑わう目黒不動の騒《ざわ》めきが微かに流れて来ていた。
尭仙院の小さな庵は雨戸を閉め、木陰にひっそりと佇《たたず》んでいた。
五人の修験者が現れた。
赤川大膳と配下の修験者たちだった。

見張りの修験者は出て来ない。

何かあった……。

赤川は異変に気が付き、配下の修験者を促した。

配下の修験者は、赤川に促されて庵の様子を見定めようと忍び寄った。

赤川は見守った。

公儀の手から逃れるには、天一坊の身柄を押さえて切り札にするしかない。

天一坊こそが、己の身を護る唯一の道具なのだ。

たとえ偽の御落胤であっても、天一坊がいればすべての企ての責めを負わせる事が出来る。

そして、自分は金で雇われただけだと云い張り、何とか打首獄門を免れる。

仮に遠島になったとしても、生きてさえいればどうにでもなるのだ。

その為には、何としてでも天一坊の身柄を押さえなければならない……。

赤川は必死だった。

配下の修験者は、庵の様子を窺って赤川の許に戻った。

「どうだ……」

赤川は庵を示した。

「それが、人の気配はないような……」

配下の修験者は眉をひそめた。

「なに……」

赤川は、庵に向かった。

配下の修験者たちが続いた。

赤川は、庵の閉められた雨戸越しに中の様子を窺った。

物音や人のいる気配は窺えなかった。

「踏み込め……」

赤川は、配下の修験者に命じた。

配下の修験者たちは、雨戸を抉開《こじあ》けた。

暗い庵の中に西日が溢れた。

赤川と配下の修験者たちは、庵の中に踏み込んだ。

庵には誰もいなかった。

「捜せ……」

赤川は、配下の修験者に命じた。

配下の修験者は、狭い庵に散った。

天一坊は、矢島主計と一緒に尭仙院の庵に逃げ込んだ。そして、見張りを始末し、尭仙院と共に何処かに立ち去った。

赤川は、事態を読んだ。

その裏には、目付の高橋伊右衛門や番頭の福島右衛門を斃した得体の知れぬ侍が潜んでいる。

赤川の勘が囁いた。

何者だ……。

赤川は、得体の知れぬ侍に微かな恐れを覚えずにはいられなかった。

公儀の隠密《おんみつ》……。

赤川は、不意にそう思った。

しかし、公儀の隠密なら天一坊を捕えはしても、逃そうとする筈はない。

赤川は混乱した。

ならば、何者なのだ……。

赤川は戸惑った。

「誰もいません」

配下の修験者が告げた。

「おのれ……」

赤川は我に返った。

「赤川さま……」

別の修験者が、外から入って来た。

「どうした……」

「近くの百姓に訊《き》いたのですが、半刻程前に三人の修験者が出て行ったそうです」

「三人の修験者……」

天一坊、矢島主計、それに尭仙院だ。

赤川は気が付いた。

「で、どっちに行ったのだ……」

「戸越《とごし》の方に……」

「戸越……」

赤川は眉をひそめた。

戸越から大井《おおい》に抜ければ、東海道は直ぐ傍であり、鈴ヶ森の手前に出る。

天一坊は、矢島や尭仙院と一緒に東海道に向かったのだ。

紀州に戻る気か……。

赤川は睨んだ。

「よし。戸越から大井を抜けて東海道に急ぐぞ……」

赤川は、配下の修験者に命じた。


夕暮れ時が近付いた。

目黒不動の参拝客は、目黒川に架かっている太鼓橋を渡って行人坂に向かっていた。

喬四郎は、目黒不動の裏手に急いだ。


目黒不動の裏の雑木林は、既に薄暗くなっていた。

喬四郎は、尭仙院の庵に進んだ。

庵に争った跡はなく、血の臭いも漂ってはいなかった。

天一坊たちは、赤川大膳たちが来る前に旅立ったのだ。

喬四郎は読んだ。

天一坊たちは何処に向かったのか……。

少なくとも目黒川沿いの道を品川に向かってはいない。
目黒川沿いの道を品川に向かえば、途中で出逢った筈だ。
喬四郎は読んだ。
そして、天一坊の行き先を考えた。
何処だ……。
もし、天一坊が帰るとしたなら、紀州田辺しかない。
喬四郎は睨んだ。
もしそうなら、東海道に向かった筈だ。
東海道に出るには、目黒川沿いの道を品川に行くだけではない。
戸越から大井を抜ける道筋もある……。
天一坊、矢島主計、尭仙院は、戸越から大井を抜けて東海道に向かった。そして、
赤川大膳と配下の修験者たちは、それに気が付いて追って行ったのだ。
喬四郎は推し測った。
常楽院は、関東郡代伊奈半左衛門と配下の役人たちに押さえられた。
御落胤の天一坊を大名にする企ては一蹴《いっしゅう》され、用人の南部権太夫は捕えられ、徒

頭の本多刑部左衛門は討ち死にした。そして、多くの修験者が斃され、捕えられた。

伊奈半左衛門は、天一坊や赤川大膳たち主だった者たちを捜した。

天一坊と赤川大膳は、斃された者や捕えられた者の中にはいなかった。

伊奈は、用人の南部権太夫を引き据え、天一坊や赤川大膳たちの消息を厳しく問い質《ただ》した。

「知らぬ。儂は何も知らぬ……」

南部権太夫は、激しく憔悴《しょうすい》して泣き喚くだけだった。

いずれにしろ常楽院は制圧され、御落胤天一坊の一件は終わったのだ。

才蔵は見届けた。


寄せては返す波は夕陽に輝き、鈴ヶ森の刑場は赤く染まっていた。

天一坊は、尭仙院や矢島主計と修験者姿で東海道を西に進んだ。

既に西に向かう旅人はいなく、品川に急ぐ者が殆《ほとん》どだった。

夜も出来るだけ進み、疲れたら道端の御堂の軒先を借りる。

野宿は、修験者に取って何ほどの事でもない……。

天一坊、尭仙院、矢島は、夜道を足早に進み、小川の岸辺で足を止めた。

天一坊、尭仙院、矢島は水を飲んで一息ついた。

「大丈夫ですか、老師……」

天一坊は、年老いた尭仙院を気遣った。

「案ずるな天一坊。歳を取っても山谷を駆け巡った修験者だ。街道を歩くなど造作もない事だ」

尭仙院は、老顔を綻《ほころ》ばした。

「はい……」

天一坊は、嬉《うれ》しげな笑みを浮かべた。

「それにしても天一坊、主計。儂に人を見る眼がなかったばかりに迷惑を掛けるな」

尭仙院は、己の弟子の赤川大膳こと常楽院の企てと悪行を詫《わ》びた。

「いいえ。私も一時であっても、赤川大膳の企てに乗ったのは事実です。老師が詫びる事はありません」

天一坊は悔み、恥ずかしげな笑みを浮かべた。

「天一坊……」

「さあ、天一坊さま、老師、参りましょう」

矢島は促した。

天一坊と尭仙院は頷き、矢島と共に夜道を進んだ。

喬四郎は、月明かりを頼りに田舎道を東海道に向かった。

田舎道は、天一坊が矢島主計や尭仙院と共に通り、赤川大膳たちが追ったのだ。

ならば、天一坊たちより先に赤川大膳たちに追い付く筈だ。

喬四郎は、辺りに眼を配りながら夜道を急いだ。


赤川大膳と配下の修験者は、田舎道から東海道に出た。

東海道に旅人は少なかった。

赤川は、天一坊たちが夜通し先に進むと読んだ。

「天一坊たちが一緒にいる尭仙院は、如何《いか》に我が師の修験者であっても既に老人。その足腰も弱り、足取りは遅い。急ぐぞ」

鈴ヶ森、大森、蒲田、六郷……。

赤川は、此から先の地を思い浮かべ、配下の修験者たちと先を急いだ。

六郷川の流れは低い音を響かせていた。

天一坊、矢島主計、尭仙院は、東海道を進んで六郷に着いた。

月明かりを受けている六郷川は、上流に雨が降ったのか水嵩《みずかさ》も多く、流れも勢いが良かった。

天一坊、矢島、尭仙院は岸辺に佇んだ。

六郷川は舟渡であり、夜は川役所も閉まっていた。

修験者が渡し船の世話になって川を渡ることは滅多《めった》にない。浅瀬を探し、己の足で渡るのが普通だ。だが、夜に慣れない川を渡るのは危険だ。

流れに足を取られて転べば、暗い川に一気に押し流されてしまう。

尭仙院のような年寄りは、足腰が弱くて危険過ぎるのだ。

何事も夜が明けてからだ……。

天一坊と矢島は、夜が明けてから六郷川を渡る事に決めた。

「天一坊、主計、大膳は追って来る。儂に構わず今夜の内に六郷川を渡るが良い」

尭仙院は、天一坊と矢島に勧めた。

「老師……」

天一坊は戸惑った。

尭仙院は、母親に死なれて孤児になった天一坊を育ててくれた恩人であり、その素性の何もかもを良く知っている。

天一坊は、それだけに尭仙院を慕っていた。そして、赤川大膳は御落胤の生き証人として利用しようとしているのだ。

「さあ、天一坊、主計……」

尭仙院は促した。

「老師、大膳が追って来ると決まっている訳ではありません。何事も夜が明けてからです」

天一坊は笑った。

六郷川の流れは低い音を鳴らしていた。

鈴ヶ森、大森、蒲田を過ぎた。

喬四郎は、先を行く人影に気付いた。

赤川大膳たちか……。

喬四郎は、夜の闇を使って先を行く人影に近付いた。

人影は笈《おい》を背負い、金剛杖を突いていた。

修験者……。
喬四郎は、先を行く人影が修験者だと知った。
赤川大膳か配下の修験者……。
喬四郎は、修験者が誰か見定めようとした。

川の流れる音が聞こえ始めた。
六郷川だ……。
喬四郎は、修験者を追った。
修験者は立ち止まった。
どうした……。
喬四郎は、立ち止まった修験者の傍の暗がりに忍んだ。
「赤川さま……」
別の修験者が闇から現れ、立ち止まった修験者に駆け寄った。
立ち止まった修験者は、赤川大膳だった。
「いたか……」
赤川は、駆け寄った修験者に訊いた。

「いいえ。ですが、今夜の六郷川は水嵩も増え、流れも早くなっています。おそらく天一坊たちは、夜明けを待って渡し船で川を渡るか、浅瀬を探して渡るものかと……」

駆け寄った修験者は、赤川に告げた。

「ならば、未だ六郷川を渡らずにいるか……」

赤川は、薄笑いを浮かべた。

「はい。おそらく船渡場の何処かに潜んでいるものと思われます」

修験者は頷いた。

「よし、皆に報せ、船渡場を捜す」

赤川は、修験者と六郷川に走った。

おそらく赤川たちの睨みは正しい……。

喬四郎は睨んだ。

ならば、赤川たちより先に天一坊たちを見付けなければならない……。

喬四郎は、微かな焦りを覚えた。

四

六郷川は音を立てて流れていた。
船渡場の川役所は暗く、船小屋や客の待合場に人影はなかった。
天一坊たちは何処にいる……。
赤川大膳と配下の修験者は、六郷川の船渡場で天一坊たちを捜し始めた。
喬四郎は、赤川と修験者たちを見守った。

船渡場に微かな物音がした。
尭仙院は眼を覚ました。
天一坊と矢島主計は、軽い寝息を立てて眠り込んでいた。
尭仙院は、川役所の横手にある水神の祠《ほこら》の背後から船渡場を窺った。
川役所、柱に屋根だけの船小屋や待合場などがある船渡場に人影が行き交っていた。
追手……。

尭仙院は、人影を赤川大膳と配下の修験者だと読んだ。

どうする……。

此のままでは、赤川大膳と配下の修験者に見付かってしまう。

天一坊と矢島主計は、何としてでも逃がさなければならない。

よし……。

尭仙院は、逃がす手立てを決め、笈を背負って金剛杖を握り締めた。

天一坊と矢島主計は、眠り続けていた。

尭仙院は、眠る天一坊と矢島を残して水神の祠の裏を出た。


赤川大膳と配下の修験者は、川役所、船小屋、待合場などを調べた。だが、何処にも天一坊、尭仙院、矢島主計の姿はなかった。

「おのれ……」

赤川大膳は、配下の修験者に捜す範囲を広げるように命じた。

広げた範囲には、水神の小さな祠も含まれていた。

喬四郎は見守った。

配下の修験者たちは、天一坊たちを捜し続けた。

一人多い……。

喬四郎は戸惑った。

赤川大膳と配下の修験者は、合わせて五人の筈だ。

それが六人いる……。

六人目の修験者は誰なのだ。

喬四郎は、赤川大膳の背後を行く小柄な修験者が気になった。

年寄り……。

喬四郎は、小柄な修験者の動きを見て年寄りだと睨んだ。

ならば、尭仙院……。

喬四郎は見定め、眉をひそめた。

尭仙院は、赤川の背後を足早に通り抜けて船小屋に入った。

赤川は、その気配を感じて振り返った。

尭仙院は、船小屋の中の渡し船の陰に隠れた。

赤川は、船小屋を見据えた。そして、渡し船の陰に潜んでいる尭仙院に気付き、指笛を短く吹き鳴らした。

配下の四人の修験者が、赤川の許に駆け寄った。

喬四郎は、尭仙院が現れた先に水神の祠があるのに気付いた。

水神の祠……。

喬四郎は、水神の祠に走った。


矢島主計は、短い指笛の音に目を覚ました。そして、尭仙院がいないのに気が付き、水神の祠の陰から船渡場を窺った。

修験者たちが船小屋の前に集まっていた。

追手の赤川大膳たち……。

矢島は、慌てて天一坊を起こした。

「どうした、主計……」

「赤川大膳たちが……」

矢島は、船渡場を示した。

「何……」

天一坊は、緊張を浮かべた。

「それに、尭仙院さまが……」

矢島は告げた。

天一坊は、尭仙院がいないのに気付き、激しく狼狽えた。

赤川大膳と配下の修験者は、船小屋を取り囲んだ。

「出て来い……」

赤川は、船小屋に潜む尭仙院に呼び掛けた。

尭仙院は、渡し船の陰から立ち上がった。

「老師……」

赤川は苦笑した。

「赤川大膳、いや、常楽院。天一坊を利用しての悪巧みも此迄だ」

尭仙院の老いた声は、夜の船渡場に凜乎《りんこ》と響いた。

「老師……」

天一坊は、尭仙院が赤川大膳たちと対決しているのに戸惑った。

「尭仙院さま……」

矢島は驚いた。

天一坊は、水神の祠の陰を出て船小屋に走ろうとした。

「天一坊さま……」

矢島は、慌てて天一坊を抱き止めた。

「離せ、主計。老師を……」

天一坊は抗った。

「天一坊さま、尭仙院さまは、御自分を犠牲にしてでも天一坊さまと私を逃がそうとしているのです」

矢島は、尭仙院の己を囮《おとり》にする狙いを読み、必死に説得した。

「だが……」

天一坊は身悶《みもだ》えた。

「矢島の云う通りだ」

喬四郎は、天一坊と矢島の前に現れた。

「お、おぬし……」

矢島と天一坊は、喬四郎が現れたのに戸惑った。

「天一坊、矢島の云う通り、今、おぬしが出て行けば、尭仙院の命懸けの志は無駄になる。尭仙院を無駄死にさせる事になるぞ」

喬四郎は、云い聞かせた。

「無駄死に……」

天一坊は、呆然と呟《つぶや》いた。

「そうだ。尭仙院の志に報いる為にも、此処《ここ》は逃げるのだ」

喬四郎は告げた。


「老師、天一坊は何処にいる……」

赤川大膳は、薄笑いを浮かべて尋ねた。

「天一坊ならとっくに六郷川を渡り、今頃はもう川崎を過ぎている筈……」

尭仙院は、楽しげに笑った。

「おのれ……」

赤川は、表情を一変させて熱《いき》り立った。

「常楽院、天一坊が吉宗公の御落胤であろうがなかろうが、己の私利私欲の為に、若者を人形のように操った傀儡師振りは、師の私も恥じ入るばかりだ」

尭仙院は、怒りを込めて赤川を睨み付けた。

「黙れ……」

赤川は、配下の修験者たちに目配せをした。

配下の修験者たちは、刀を閃《ひらめ》かせて船小屋の尭仙院に向かった。

「常楽院、師の私が引導を渡してやる。共に地獄に参ろう」

尭仙院は笈の中から炮烙《ほうろく》玉を取り出し、船小屋を出て赤川大膳に向かって走った。

修験者たちは、思わず怯んだ。

「斬れ、斬り棄てろ」

赤川は驚き、叫んだ。

修験者たちは、慌てて刀を閃かせて尭仙院に殺到した。

刹那、炮烙玉が爆発した。

尭仙院と殺到した修験者たちは、爆発の炎と煙りに包まれた。

喬四郎は、水神の祠の陰から出た。

「老師……」

天一坊と矢島主計は、呆然とした面持ちで続いた。

爆発の煙りは治まり、三人の修験者が立ち上がった。

残る三人の修験者が倒れたままだった。

倒れたままの修験者の中には、尭仙院もいるのだ。

立ち上がった三人の修験者は、赤川大膳と配下の二人だった。

赤川大膳は、険しい面持ちで激しく肩で息をついていた。

喬四郎は見定めた。

「赤川大膳こと常楽院……」

喬四郎は呼び掛けた。

赤川は振り返り、水神の祠の傍に喬四郎と天一坊や矢島主計がいるのに気が付いた。

「此迄だな……」

喬四郎は、冷笑を浮かべた。

「お前が、秘かに我らの邪魔をしていた得体の知れぬ奴か……」

赤川は読んだ。

「ああ。そして、お前たちの騙りを信じ、金を騙し取られた挙げ句、始末された浪人の知り合いだ」

喬四郎は、赤川を鋭く見据えた。

「何……」

赤川は、僅かに怯んだ。

「仕官を望み、懸命に金を作って騙し取られ、無惨に殺された浪人の無念を晴らす」

喬四郎は、赤川にゆっくりと近付いた。

「私ではない。悪いのは天一坊だ。自分は吉宗の御落胤だと云った天一坊が悪いのだ」

赤川は、天一坊を蔑《さげす》むように見据えた。

「確かに私は、赤川の企てに乗って吉宗公の御落胤と名乗りました」

天一坊は項垂れた。

「ですが、天一坊さまは赤川たちが仕官を願う浪人を騙して金を巻き上げ、無惨に殺しているのを知り、御自分の所為《せい》だと悔み、責められて。それで私が老師と相談して赤川の許から逃がす事にしたのです」

矢島は、天一坊を懸命に庇った。

「赤川大膳……」

喬四郎は、赤川を見据えて刀の柄《つか》を握った。

「斬れ……」

赤川は叫び、大きく跳び退いた。

二人の修験者が、喬四郎に左右から斬り掛かった。

喬四郎は、地を蹴って夜空に跳び、手裏剣を続け様に放った。
手裏剣は、斬り掛かった二人の修験者の首の付け根に深々と突き刺さった。
喬四郎は着地した。
二人の修験者は横倒しに斃れた。
「お、おのれ……」
赤川は、衝き上がる恐怖から逃れようと喬四郎に猛然と斬り掛かった。
喬四郎は、抜き打ちの一刀を放って赤川の刀を弾き飛ばした。
赤川は、体勢を崩しながらも必死に喬四郎に立ち向かった。
喬四郎は、僅かに腰を沈めて刀を真っ向から斬り下げた。
赤川大膳こと修験者常楽院は、額を兜巾《ときん》ごと二つに斬り割られて前のめりに斃れた。
額から血が溢れ、静かに広がった。
天一坊と仕官を望む浪人たちを操り、騙した傀儡師は滅びた……。
六郷川は流れ続けた。
喬四郎は、天一坊と矢島主計に早々に立ち去るように告げた。
天一坊と矢島主計は、喬四郎に深々と頭を下げて立ち去った。

只の若い修験者として生きて行くが良い……。

喬四郎は見送った。

夜明けが近付き、朝霧が漂い始めた。

朝霧は、立ち去る天一坊たちを始めとした何もかもを覆い隠していった。


江戸城御休息御庭に吉宗は現れた。

吉宗は、小姓を待たせて四阿に進んだ。

四阿の陰には、御庭之者の倉沢喬四郎が控えていた。

「終わったか……」

吉宗は短く尋ねた。

「はい。一件を企てた赤川大膳こと修験者常楽院は成敗致しました」

喬四郎は告げた。

「何もかも闇の彼方か……」

「はい……」

喬四郎は頷いた。

「よし、後の始末は関東郡代の伊奈半左衛門に任せる。御苦労だった」

吉宗は、喬四郎を労《ねぎら》った。

そこに、天一坊がどうなったか尋ねる事はなかった。

「畏《おそ》れ入ります。して、上様……」

「何だ……」

「天一坊は……」

喬四郎は、天一坊の安否を報せようとした。

「喬四郎……」

吉宗は遮った。

「はっ……」

「余は、余の政《まつりごと》の邪魔になる者は何者であっても取り除く。それだけだ」

吉宗は、淋しげな笑みを浮かべた。

「ははっ……」

喬四郎は平伏した。

吉宗は、源氏天一坊がどうなったのかも訊かずに立ち去った。

喬四郎は、立ち去って行く吉宗の後ろ姿に為政者の厳しさと哀しさを感じた。

御休息御庭に小鳥の囀りが響いた。

江戸川の流れは煌めき、武家屋敷街には物売りの声が響いていた。

長閑だ……。

喬四郎は、小日向の武家屋敷街に安らぎと微かな懐かしさを感じた。

倉沢家の婿養子となって未だ大して刻が経っていないと云うのに……。

喬四郎は苦笑した。

下男の宗平が、倉沢屋敷の門前の掃除をしていた。

「やあ。宗平、精が出るな……」

「此は旦那《だんな》さま、お帰りなさいませ……」

宗平は喬四郎を見詰め、深々と頭を下げて迎えた。

見詰める眼には、喬四郎が役目を無事に終えて帰って来た安堵と喜びがあった。

「うん。屋敷に変わりはないか……」

「はい。皆さま、お変わりございません」

「お春もか……」

喬四郎は、宗平の女房のお春を気遣った。

「はい。お陰さまで……」

「そいつは何より……」

　喬四郎は微笑んだ。

「そうか。上様は天一坊について何もお尋ねにならなかったか……」

　倉沢左内は酒を飲んだ。

「ええ……」

　喬四郎は頷いた。

「では、天一坊なる者、やはり偽の御落胤なんですね」

　佐奈は眉をひそめた。

「佐奈、そうとは言い切れぬ……」

　左内は、手酌で己の猪口《ちょこ》を満たした。

「えっ……」

　佐奈は戸惑った。

「上様は己の私情より、天下の政を優先したのだ」

　喬四郎は酒を飲んだ。

「では……」

佐奈は、驚きを滲ませた。

「佐奈、如何に穏やかな水面《みなも》でも、石を投げ込まれれば波紋は広がり、どのような事になるのか分からない。投げ込まれた石がたとえどのようなものでもな。上様はそれを嫌い、何も仰《おっしゃ》らないのだ」

喬四郎は、左内の猪口に酒を満たし、手酌で酒を飲んだ。

「もしそうなら、上様は……」

佐奈は、哀しげに言葉を飲んだ。

「うむ……」

喬四郎は頷いた。

吉宗の心の内を知る者はいない……。

喬四郎と左内は、吉宗に想いを馳《は》せながら酒を飲んだ。

「又、御落胤のお話ですか……」

静乃が、料理を持って来た。

「う、うむ……」

左内は、白髪眉をひそめた。

「婿殿、上様の御落胤より、御自分の嫡子ですよ」

静乃は、厳しく告げた。

「は、はい……」

喬四郎は、思わず猪口を置いて姿勢を正した。

「次の御役目がいつ命じられるか分かりません。それ迄、精々お励みになるのですね」

静乃は、尤《もつと》もらしい面持ちで告げた。

「はい……」

「此は精の付く、鰻《うなぎ》の蒲《かば》焼に卵焼きです」

静乃は、持って来た鰻の蒲焼と卵焼きを差し出した。

「此奴《こいつ》は美味《うま》そうだ」

左内は、鰻の蒲焼に箸《はし》を伸ばした。

「お前さま……」

静乃は、厳しく制した。

「うむ、何だ……」

左内は、箸を止めた。

「お前さまが、年甲斐《としがい》もなく精を付けてどうするのです」

静乃は、呆《あき》れたように皮肉を云った。

「案ずるな。御落胤を作るのだ」

左内は、負けてはいなかった。

「ん、まあ……」

静乃は、眼を白黒させた。

一矢報いた……。

左内は、得意気な顔で鰻の蒲焼を食べて酒を飲んだ。

喬四郎と佐奈は吹き出し、声を揃えて笑い転げた。

倉沢屋敷は笑い声に溢れた。


関東郡代伊奈半左衛門は、源氏天一坊を偽御落胤と断定し、一連の騒ぎを騙りとして始末した。そして、赤川大膳を始めとした一味の者共を死罪の上、獄門の刑に処した。だが、鈴ヶ森の獄門台に晒された首の中には、天一坊の首とされるものはなかった。

江戸の者たちは、不気味な修験者が逸早く持ち去ったと噂した。

天一坊事件は終わった。

源氏天一坊は何処に立ち去ったのか……。
その後、喬四郎は源氏天一坊の名を聞く事はなかった。

本書は書き下ろしです。

源氏天一坊《げんじてんいちぼう》

江戸《えど》の御庭番《おにわばん》 2

藤井邦夫《ふじいくにお》

平成30年 7月25日　初版発行
令和7年 6月25日　4版発行

発行者●山下直久

発行●株式会社KADOKAWA
〒102-8177　東京都千代田区富士見2-13-3
電話　0570-002-301（ナビダイヤル）

角川文庫 21051

印刷所●株式会社KADOKAWA
製本所●株式会社KADOKAWA

表紙画●和田三造

●お問い合わせ
https://www.kadokawa.co.jp/（「お問い合わせ」へお進みください）
※内容によっては、お答えできない場合があります。
※サポートは日本国内のみとさせていただきます。
※Japanese text only

ISBN978-4-04-106359-0　C0193

角川文庫発刊に際して

角　川　源　義

第二次世界大戦の敗北は、軍事力の敗北であった以上に、私たちの若い文化力の敗退であった。私たちの文化が戦争に対して如何に無力であり、単なるあだ花に過ぎなかったかを、私たちは身を以て体験し痛感した。西洋近代文化の摂取にとって、明治以後八十年の歳月は決して短かすぎたとは言えない。にもかかわらず、近代文化の伝統を確立し、自由な批判と柔軟な良識に富む文化層として自らを形成することに私たちは失敗して来た。そしてこれは、各層への文化の普及滲透を任務とする出版人の責任でもあった。

一九四五年以来、私たちは再び振出しに戻り、第一歩から踏み出すことを余儀なくされた。これは大きな不幸ではあるが、反面、これまでの混沌・未熟・歪曲の中にあった我が国の文化に秩序と確たる基礎を齎らすためには絶好の機会でもある。角川書店は、このような祖国の文化的危機にあたり、微力をも顧みず再建の礎石たるべき抱負と決意とをもって出発したが、ここに創立以来の念願を果すべく角川文庫を発刊する。これまで刊行されたあらゆる全集叢書文庫類の長所と短所とを検討し、古今東西の不朽の典籍を、良心的編集のもとに、廉価に、そして書架にふさわしい美本として、多くのひとびとに提供しようとする。しかし私たちは徒らに百科全書的な知識のジレッタントを作ることを目的とせず、あくまで祖国の文化に秩序と再建への道を示し、この文庫を角川書店の栄ある事業として、今後永久に継続発展せしめ、学芸と教養との殿堂として大成せんことを期したい。多くの読書子の愛情ある忠言と支持とによって、この希望と抱負とを完遂せしめられんことを願う。

一九四九年五月三日

角川文庫ベストセラー

角川文庫ベストセラー